마이웨이

마이 웨이

어느 낚시인의 이야기

이갑철 지음

쉼

목
차

프롤로그 6

1장 반복되는 일상에도 작은 행복은 있다

말(言) 14
바다이야기 20
지지리 궁상 26
벼는 익을수록 고개를 숙인다는데 32
코미디 시대 38
間隔(간격) 45
모두 어디로 가는가 51
즐길 줄 아는 것이 최선 60
소중함과 행복 67
낚시 그리고 가족 74

2장 사는 맛을 느끼고 사는 의미를 깨닫다

낚시가 맺어 준 인연 84
앉은 자리 깨끗하면 그게 바로 정도낚시 92
魚神(어신)의 교훈 99
저 포도는 시다 105
귀찮은 빈대 111
프로낚시인, 그 정의는? 117
한 개비의 미학 124
梁上君子(양상군자) 132
낚시터 귀신 140
Show, Show 하지 마라 148

3장 때론 현실도피가 새로운 세계를 연다

위인전을 바꾸자 156
미운 오리 새끼 163
스승과 제자 169
뜻이 있는 곳에 길이 있다 177
기 좀 펴고 살자 185
토끼의 생존전략 192
떠난 자, 남은 자 198
닭 잡는 낚시인 204
奸臣(간신)나라 忠臣(충신) 211
못다 했던 말 216

4장 그 섬에 가고 싶다

學歷(학력)과 學力(학력) 226
무대응이 상책 232
낚시 인심 238
버리고 살자 244
다래골의 육두문자 250
그 섬에 가고 싶다 257
귀 빼고 X 뺀 당나귀 264
친구야, 친구야! 271
컬러로 바꾸는 낚시 세상 277

에필로그 284

마이웨이

갑자기 마음이 바빠지고 호흡까지 거칠어지며
맥박이 빨라지는 것 같다.
머릿속을 하얗게 비우고 아무런 생각 없이 TV 채널만 검색하며
시간만 죽이고 앉아있는데 인사 겸해 제주도에서 걸려온
한 통의 전화가 굶주리다 먹이 만난 초원의 맹수처럼 날뛰게 만든다.
대책 없이 내린 눈과 계속되는 영하의 날씨에 갈 곳을 찾지 못해
패잔병처럼 의기소침해 의욕을 잃고 처져 있다 생기를 찾는다.
밤낮으로 밖으로 나돌다 일주일에 겨우 하루 이틀 집에
있으면서 모처럼 집에 있는 날도 눈만 뜨면 기어나가고
밤이 늦어야 집에 들어오는 인간이 근 한 달간을
안방과 거실을 왕복하며

안절부절못하고 하루 걸러 영화만 보러 잠시 외출하는 것이
전부이니 생전 처음 보고 겪는 일인지라
말하지 않아도 묻어나는 아내의 얼굴에 나타나는 불안감을
난 이미 읽고 있었다.

처음 이틀간은 그나마 틈틈이 커피며 과일 등 슬슬 눈치를 보며
간식을 챙기던 아내가 삼 일째 아침,
궁금함을 참지 못하고 질문을 한다.
"당신 무슨 일 있어요? 왜 요즘 낚시 안 가?"
세상에 겨우 삼 일을 집에 있었을 뿐인데 왜 낚시 가지 않느냐는 질문을
받는 사람이 나 말고 세상에 또 누가 또 있을까?
진지하게 묻는 아내의 말에 순간 쿡 하는 웃음과 함께
묘한 장난기가 발동한다.
"응 이참에 낚시 그만두고 취미 생활을 다른 걸로 바꿔 보면 어떨까
해서. 여보! 골프를 칠까? 아님 당신하고 손잡고 산이나 다닐까?"
정색하며 너스레를 떠는 나를 빤히 쳐다보는 아내의 얼굴이 묘하다.
삼십여 년을 같이 살아오면서 오직 한길, 낚시밖에 모르는 내가
이제 와서 외도를 하겠다는 저의가 무엇이냐는 표정이다.
저 표정 속에 마음이 변하면 죽는다던데 하는 불안도 들어 있는 것은
아닌지 모르겠다.
개봉하는 영화란 영화는 모두 같이 보러 다녔다.
영화관에서 서로 눈치 챌까 봐 아닌 척하며 훌쩍이기도 하고
나선 김에 쇼핑도 하면서 종종 외식도 하니

싫지 않으면서도 내심 무언가 찜찜했나 보다.

새로운 시도를 하려고 마음먹고 준비를 하려니 이제껏 늘 해왔던
익숙한 일들인데도 마음의 부담도 크고 걱정도 앞선다.
개인적인 낚시야 장르가 달라도 항상 같은 패턴으로 행해져 왔지만
방송으로 새롭게 다가서려 그동안 해왔던 프로그램을 마무리하고
그 준비하는 기간을 미처 아내에게 말하지 않아 걱정을 하게 한 것이다.
무언가 참신하고 멋진 소재가 없을까?
낚시를 모르는 사람들도 공감하며 호기심을 유발할
그런 아이디어나 장소는 없을까?
그렇게 속으로 고민하며 자료를 찾아보고 머리를 짜느라
딴에 고민하며 노력한 시간들이었는데 아내의 눈에는
할 일 없는 백수의 방황으로 비쳤던 모양이다.

개인적으로 난 낚시의 최고의 가치는 과정의 즐거움을 느끼고
더불어 할 수 있는 레저로 발전되어야 한다고 생각했고
일상에서도 포커스를 그곳에 맞추는 낚시를 해 왔다.
한 마리를 낚아도 즐거워하는 사람이 있는가 하면
열 마리를 낚아도 만족하지 못하는 낚시인이 있다.
대물 한 마리의 가치를 추구하며 낚시터에서 길고 긴 시간을
인내하며 고독을 즐기고 밤을 지새우는 낚시인이 있는가 하면
잠시 짬 낚시에도 자잘하고 앙증맞은 손맛을 느끼며 어종 구분 없이
마릿수를 노리며 낚시를 즐기는 사람도 있다.

어떤 장르 어느 낚시도 다 가치가 있고 나름 장점이 있겠지만
분명한 것 하나는 현실에 맞게 변화하지 않으면 안 된다는 것이다.

세분하면 백 개가 넘는 취미나 레저 중에서 등산, 사이클 등과 더불어
가장 많은 인구를 갖고 있는 낚시가 인정하기 싫지만
불행하게도 최저급 수준으로 분류되는 것은 단 하나의 이유,
나 홀로 행위이기 때문이다.
낚시뿐만 아니라 우리네 삶 자체가 여성과 아이들이 동참하고
같이하지 않으면 이루어질 수 없는 것이 사회구조적 원리이다.
몇 년간의 낚시 쪽의 변화를 살펴봐도 답은 의외로 간단히 나온다.
루어인구의 확산과 배낚시의 활성화다.
모든 경제가 침체되어 평균을 밑돌고 낚시도 예외가 아니었는데
그나마 낚시산업의 숨통을 고르게 한 것은 루어와 배낚시이다.
거기엔 여러 가지 요인이 있고 그중엔 해수온도의 증가로 인한
다양한 어종, 풍성한 자원도 한몫을 했지만 가장 중요한 것은
남녀노소 누구나 동참할 수 있고 더불어 갈 수 있다는 것이 핵심이다.
아빠 따라 갔다가 하루 종일 뜨거운 햇살 아래
지루함도 이기기 힘든데 큰소리로 떠들거나
맘껏 뛰어 다니지도 못하는 낚시터에 가지 않으려는 아이들이
앞장서 낚시가방 들고 나서는 생활 속의 레저로 바뀌야 한다.

특정 장르나 기법의 장단점이나 우월성을 논하며
논쟁화 하자는 것이 아니라 현실에 맞춰 변화시키자는 것이다.

앞으로의 낚시는 자연스럽게 자연을 주제로 하는 캠핑문화와
함께 갈 수밖에 없고 가족 중심의 레저로 전환이 이루어져야 한다.
깨끗한 현대적 편의 시설과 안락하고 쾌적한 수상 방가로, 팬션 등
여건이 갖춰진 유료관리형 낚시터들의 연중무휴 운영과
사전에 예약하지 않으면 이용이 불가능할 정도의 인기를 보면
나아갈 방향이 보이고 불황에서 빠져나올 탈출구도 보인다.
낚시에 '낚' 자도 모르던 시골마을 한 동네 주민 모두가
그것도 부부동반 관광버스 대절해 가을걷이가 끝나면
갈치낚시를 떠나는 진풍경도 이제는 생소한 것이 아니다.
두세 번의 갈치 출조가 끝나면 봄부터 곗돈처럼 모아 놓은
경비가 남아 자연스럽게 우럭 배낚시나 열기 외줄낚시로 이어지고
머잖아 저 중에 일부는 원도권 갯바위에서 낚싯대 드리우고
감성돔 낚는 전문꾼도 나올 것이다.

이슈가 있는 이벤트, 공감할 주제가 있는 이야기,
낚시로 맺어진 소중한 인연, 사람 냄새나는 정겨운 친구.
거기에 다양한 볼거리 먹을거리도 함께하며
포근하고 정감 어린 그런 이야기들을 영상으로 담아 보고 싶다.
서정적이며 극히 평범하면서도 누구라도 거리감이나 편견 없이
낚시를 이해하고 동참하는 그런 프로그램의 진행자가 되고 싶다.
과정의 시행착오나 충족되지 않은 여건들을 하나하나 헤쳐 나가며
그 힘든 여정에서도 나름의 만족감과 즐거움을 느끼는,
지극히 평범하지만 진실함이 묻어나는 그런 낚시를 하고 싶다.

목표는 정해졌는데 첫 단추를 이 계절에 어디서 어떻게 꿰어야 할까?
바다 멀리 제주도의 조황 소식이 그지없이 반가운 건
바로 이런 고민의 순간에 전해왔기 때문이다.

라이트 지깅에 방어의 파이팅이 숨 가쁘게 하고
타이라바로 바다의 여왕 참돔의 선홍빛을 볼 수 있다니
장비 챙기랴 비행기 티켓 예매하랴 난리법석 한바탕 집안을
흔들어 놓고 그동안 칩거가 한 방에 멀리 뛰려고 웅크린 것처럼
용수철처럼 튀어 오른다.
사박 오일간의 제주도 여행 짐을 챙기고 뒷통수에 꽂히는
아내의 따가운 시선을 느끼며 현관문을 나서며 맹세하듯
스스로 다짐한다.
죽는 날까지 내가 가야 할 길. 바로 이 길.
My Way.

2012년 겨울

溪流이갑철

물은 가장 무르고 가장 겸손하지만 가장 강하다.

1장

반복되는 일상에도 작은 행복은 있다

말(言)

"뒤끝이 없다."
호탕한 성격의 대명사로 곧잘 쓰인다.

마음속에 꽁하니 담아 놓지 않고
툭 하니 털어놓는 대범한 성격이라 하고
사나이라면 누구나 시원한 이런 성격을 가져야 한다고
아무런 생각 없이 곧잘 말들을 한다.
하지만 이 뒤끝이 없는 말 때문에 얼마나 많은 사람들이
마음고생을 하고 정작 본인은 까맣게 잊었는지 몰라도
그가 남긴 한마디의 말이나 행동은 어딘가에 고스란히 남아
당사자에게 커다란 생채기가 된다는 사실을,

본인은 모르고, 내가 잊었으니 너도 잊었겠지 무심히 흘려버린다.

90년대 중반까지 낚시인들의 모임은 대개
낚시점을 중심으로 이루어졌다.
그러다 보니 그 시절 낚시회 한 곳을 유심히 들여다보면
그때의 시대상이나 사회상을 엿볼 수 있고
세상살이를 집약시켜 느낄 수 있다.
낚시에 대한 정보나 지식을 얻는 것은 물론이고
사전 답사를 다녀온 낚시회 총무에게
이번 출조에 어떤 방법이 유리하며
포인트는 어디가 좋으며 어떤 미끼가 잘 먹을까 한바탕 너스레도 떨고,
매년 봄이면 이루어지는 시조회나 늦가을 한 해를 마감하는 납회 때는
낚시점을 가로질러 천장에 줄줄이 붙어있는 협찬 내용이
한바탕 풍요를 느끼게 하고 사회적 지위나 경제적인 위치를
은근히 과시하는 계기가 되기도 하지만
들뜬 마음으로 낚싯대를 손질하고 바늘을 매고
찌맞춤을 하는 것이 정겨운 낚시 모임이었다.
물론 지금도 일부는 낚시점을 중심으로 모이고 있기도 하지만
사철 낚시가 가능하고 맘만 먹으면 언제든지 휑하고 떠날 수 있다 보니
예전의 정겨운 그런 모습은 아니다.
낚시회 회장이나 임원은 경제적 기반이나 사회적인 지위가
있는 분들이었고 자연스럽게 위계질서가 세워져 있고
그들의 한마디는 절대적이었다.

올림픽 열기가 채 가시지 않은 88년 초겨울,
붕어낚시 납회를 마치고 자연스럽게 바다 쪽으로
낚시의 축이 옮겨 가는 시절에 난 혼자만의 낚시를 하게 되고
그때부터 낚시에 대해 무엇인가 깊이 생각하는 계기가 되었다.
아무래도 민물에 정통한 낚시인들이 중심인 낚시회이다 보니
갯바위 감성돔낚시나 원도권 출조보다는
우럭 배낚시나 열기, 볼락 외줄낚시가 주류였고
때론 광양으로 보구치 낚시도 가는
전문성이 있는 낚시보다는 같이 즐기고 함께하며
걸어 올린 우럭 안주 삼아 소주잔 기울이는
재미를 곁들인 그런 낚시가 민물 전문꾼들의
바다낚시 개념이었다.

출발은 밤늦은 시간이지만 마음만 바빠 낮부터 모여 앉아
한쪽에선 화투판에 한쪽은 카드에 낚시점은 한바탕 북새통이고
뒷전에 앉아 먹는 것이 남는 거라고
연신 중국집에 탕수육이다 팔보채다 안주시켜
뒷전으로 떨어지는 소위 똥에 풍요로움이 넘쳐난다.
화투하고 뭐는 만지면 커진다고
겨울이 깊어가면서 낚시점에서 밤새는 횟수가 많아지더니
급기야는 출조날도 버스는 대기하고 있는데
본전 생각에 조금만 더 , 조금만 더 하다 보니
떠날 생각은 않고 결국은 다섯 명이 그 큰 버스를 타고

출조길에 나선 일도 있고,
어느 땐 버스 대절료만 지불하고 낚시는 가지 않고
담배 연기 속 소파 한구석에서 새우잠을 자고
낚시 갔다 온 양 집에 돌아가는 경우도 일어났다.

어찌 보면 낚시나 도박은 중독성에 있어서는 같다.
특히 도박은 사소한 내기로 시작하지만
횟수가 거듭되고 시간이 지나면 커질 수밖에 없다.
그런데다 아무리 친한 친구 사이라도
화투나 카드를 하다 보면 적나라하게 인간성이 드러난다.
그것도 술 한 잔 걸치고 해 보면 더더구나 그렇다.
내 돈을 따 먹어도 그리 밉지 않은 사람이 있는가 하면
번번이 나에게 돈을 잃어 주는데도 얄미운 사람이 있다.
결국은 인간성이 보인다는 이야기다.
거기에 생각 없이 하는 한마디 말들이 가슴속에 앙금을 만든다.

한겨울이 지나고 나면 낚시회는 세포분열을 한다.
티격태격 감정의 골들이 깊어지고 결국 몇몇은 떠나고 만다.
겨우내 낚시점 좁은 곳에서 복닥거리던 감정들이
결국은 마음 상하고 조금만 자제하면 될 것을 참지 못하고
가슴을 아프게 하고 등을 지게 된다.
한겨울을 그렇게 보내고 나면 채무관계가 생겨나고
생계에 지장을 초래할 정도로 흔들리는 사람도 있다.

사람은 미래에 대해서는 누구든 장담할 수 없다.
이럴 때 한마디 뒤끝 없는 말이 낚시회를 떠나게 한다.
"능력 없으면 낚시건 도박이건 하지 마라."
단적인 예이지만 이런 표현들은 말이야 백번 지당하지만
굳이 그렇게 내뱉는 건 도대체 무어란 말인가.

남자가 쪼잔하게 털어버리지 못하고
다 지나간 일을 가지고 마음속에 담아두고 있느냐고
힐난하는 사람이 있을지라도
어느 정도 뒤끝이 있는 말이나 행동이 필요하다.
뒤끝이 없는 사람일수록 말을 함부로 한다.
특히 요즘은 경제력에 따라서 그 사람의 한마디의 말이 무게가
달라진다.
곧 가진 자의 말 한마디는 절대적이라는 이야기다.
그러다 보니 다반사로 쉽게 아무 말이나
뒤끝을 생각하지 않고 하게 된다.
인간의 성격까지도 재물이나 돈에 의해 좌지우지되는 세태가 안타깝고
돈이 인생이 전부가 아니라고 아무리 항변해도
돈이 인생을 만든다는 것을 부정하지 못하는 것이 현실이지만
낚시에서만은 늘 여유로운 마음이었으면 좋겠다.
물가에 앉아있는 낚시인들에게 어떠냐고 마이크를 들이대면
하나같이 말하기를 물만 봐도 좋다고 하는데
내 자신은 솔직히 낚아야 좋다.

아직 낚시인으로 수양이 덜 돼서 그런지 모르지만
사실 낚시인이라면 같이 낚시를 하면서도
내가 더 낚고 싶고 나만 낚고 싶은 것이 솔직한 심정 아니겠는가.
그렇지만 상대를 배려하는 한마디를 잊지 않았으면 좋겠다.

"실력답지 않게 오늘은 안 좋네요. 컨디션이 안 좋은가 보죠?"
"역시 그 실력 어디 가나요. 역시 잘 낚으시네요!"
"참 낚시를 조용하고 멋있게 하십니다."
말을 잘하는 것은 참으로 어렵다.
말 한마디에 천 냥 빚도 갚는다는 속담이 새삼 생각난다.

바다이야기

바다.

생각만 해도 마음을 설레게 한다.

먼 수평선을 바라보면 무한한 미래를 보는 것 같고

밀려오는 파도는 생명력을 느끼게 한다.

비단 낚시를 하는 낚시인이 아니더라도 바다는 동경의 대상이다.

21세기는 해양산업에서 주도권을 잡는 나라가

우위를 점한다는 학자들의 설을 굳이 인용하지 않더라도

바다는 무한한 가능성을 우리에게 제공해주는

자원의 보고이자 인류의 희망이다.

사전에 미리 약속하지 않고

낚시와 관련된 정보를 얻거나 낚시인들을 만나려면
가장 좋은 방법은 낚시인들이 자주 가는 곳을 찾으면 된다.
특히 아무 연고가 없는 지역을 찾아갔을 때
그 지역의 낚시점이나 낚시터는
확실한 안내자이자 믿음직한 낚시친구 이상의 가치를 갖는다.
헌데 어느 날 그들이 있어야 할 그곳에 그들이 사라졌다.
시간적인 제약이나 여건상 낚시를 떠나지 못하고
짬짬이 들러 허풍이 가미된 낚시이야기나
이제는 실시간으로 전해지는 전국 각지의 조황소식에
마음 설레며 출조 계획을 세우고
시간만 나면 낚시터로 내달릴 궁리만 하는 것이
낚시인의 습관이자
죽는 날까지 고쳐지지 않을 낚시의 매력이며
어쩌면 그런 면이 낚시의 마력인지 모른다.
제발 집에 있는 날만이라도
일찍 집에 들어오라는 마누라의 잔소리도 감수하며
늦은 밤 가게 문을 닫을 때까지 버티다가 밀려가기 일쑤이다.
그런 그들이 보이지 않는다.
방앗간의 참새처럼 수시로 드나들던 그들이 보이지 않는다.

도심 한복판.
주변의 간판과는 비교가 되지 않는
커다랗고 시원한 바다 그림이 내걸리고

외관으로 봐도 내부규모가 어느 정도일지 짐작이 가는
그런 정체불명의 업소가 속속 생겨나
한참 유행하던 모 수산의 즉석 횟집이
갑자기 이렇게 많아지나 싶기도 하고
어느 곳은 이층 삼층까지 같은 업소로 되어 있어
기업 형태를 띠고 있다.
좀 번화하다 싶은 네거리나 상가가 인접한 주택가 골목에서
눈만 한번 돌리면 족히 서너 집은
바다이야기라는 간판을 달고 있어
그곳이 과연 어떤 곳인가 궁금했었다.

알고 보니 허가 난 도박장.
남이야 도박을 하든
구두 밑창을 뜯어 술안주를 하든
정부에서 허가해주는 건데
소시민이자 낚시인인 우리가 관여할 바 아니지만
문제가 그리 간단치 않다.
낚시터나 낚시점에 보이지 않는 낚시인들이
바로 그곳에 있기 때문이다.
정선카지노로 인해 파산 선고한 사람들은
먼 나라 이야기로 생각하면 그만이지만
친구끼리 작은 돈 몇 푼 걸고 고스톱만 쳐도
도박으로 옭아매는 나라에서

한바탕 로또 열풍이 휩쓸더니 경마에, 경륜에, 경정에
한탕이 판을 치고
자연적이며 멋과 낭만 꿈과 미래가 있는
바다를 상호로 쓰는 것만도 낚시인 입장에서는
화가 나고 부아가 터질 지경인데
낚시인들까지 그곳에서 상주하니
이건 뭔가 잘못돼도 단단히 잘못됐다.

서민의 힘을 모아줘서 기대를 가지고 탄생한 이 정부가
의도를 가지고 계획적으로 한 것은 아니겠지만
결과는 서민의 주머니 털어먹는 꼴이 되었다.
대통령의 말마따나 도둑맞으려니 개도 짖지 않았다는데
혹 가족 중에서 못난 자식 놈이 도둑질하다 보니
가족이라 그 개가 짖지 않았는지 모르겠고
고막, 성대 제거해 놔서 듣지 못하고
짖지 못한 것은 아닌지 모르겠다.
주변의 낚시인 중 몇몇은 아예 재기불능의 상태가 되었다.

사회적 문제로 이슈가 되고 나서야 관심을 갖고 살펴보니
이건 웃기지도 않는다.
오락실 게임기의 승률이 90~100% 이상으로 설정돼 있어
만 원을 넣으면 최소한 9,000원 이상은 건질 수 있어
몇 만 원 가지고 즐길 수도 있다고 주무관청인 문화관광부에서

명분은 그럴싸하게 포장해 허가를 내주는데
어쩌다 운 좋게 행운도 잡을 수 있겠지만
함정은 바로 상품권이다.
게임을 하려면 상품권을 수시로 현금화해야 하는데
이 과정에서 떼는 10% 수수료가
그 엄청난 위력과 함정을 가지고 있는 것이다.
예를 들어 처음 100만 원을 가지고 게임을 시작해서
매일 투입한 금액만큼 상품권을 딴다고 가정해도
10일이면 34만 원이 남고 한 달 후에는 4만2천 원,
두 달 후에는 고작 1,700원이 남는다.
나머지 금액은 어디로 사라졌는가?
빤히 보이는 이런 치졸하고 속 보이는 정책은
누가 만들었고 책임은 누가 져야 하는가?

노자가 말하길
물은 가장 무르고 가장 겸손하지만 가장 강하다고 했다.
물은 모든 것을 포용하고 감내하며
인간에게 자원을 제공하지만
한 번 성이 나면 그 흔적조차 찾을 수 없게 초토화한다.
바다이야기라는 그 멋스런 타이틀을
두 번 다시 거론하기 싫은 도박게임장에 붙인 것부터가
관계된 모든 사람들이 노자가 말한
가장 강한 물의 심판을 받아야 하고

자연을 벗 삼아 물가를 찾는 낚시인들을 유혹해
주머니를 털어버린 정책입안자나 업자 모두
시퍼런 바다가 지켜보듯
우리 모두 두 눈 시퍼렇게 치켜뜨고 지켜 볼 것이다.

예전과 같이 낚시터에서 낚시점에서
눈에 익은 낚시인들을 보고 싶다.
아무리 바다가 좋고 물이 좋아도
도심 한복판에서만은 온갖 탐나는 바다어종과
커다란 바다 그림을 보지 않았으면 좋겠다.

지지리 궁상

호랑이가 토끼를 잡아먹으면 지극히 당연하고
이야깃거리도 안 되지만 토끼가 호랑이를 물고 할퀴었다면
잡아먹기까지 하지 않더라도 그것은 쇼킹하고
대단한 일임에는 틀림없다.
상식선에서 이루어지지 않는 많은 일들 가운데
어쩌면 이야깃거리 자체가 가장 많은 것이 낚시이고
그런 일들이 두고두고 회자되다 보니
낚시인들은 모두 허풍쟁이로 취급받지만
사실 약간의 과장이나 오버는 늘 있는 일이다.
놓친 고기가 크다는 것은 사실은 맞는 말이다.
낚시인이 목표로 하는 대상어에 따라 장비나 채비, 미끼를 선택하는데

그 한계를 벗어난 고기는 당연히 놓칠 수밖에 없고
그 아쉬움에 약간의 과장이 더해지며 당연이 이야깃거리로 등장하는데
듣는 입장에서는 말도 안 되는 허풍일 뿐이다.
하지만 허풍보다 더한 것은 드러내놓고 말하지 않지만
낚시에 몰입하다 보니 본인도 모르게 떨게 되는 궁상스런 모습들이다.

서천의 배다리지는 해안가에 위치하고 있어서
바닷바람의 영향을 많이 받는 곳이다.
수초 발달이 좋고 해안가 저수지 특징 중 하나인
풍부한 먹잇감으로 인해 심심찮은 손맛에 종종 월척이 낚이고
특히 한겨울에도 어김없이 앙칼진 짜릿함을 전해주는
보물단지 같은 그런 낚시터이다.
낚시이야기를 하다 보면 내 고향의 논산지 다음으로 거리가 많은 곳이
바로 이곳으로 낚시인들이 즐겨 찾는 봄, 여름, 가을이 아닌
한겨울에 제일 먼저 찾아 나서는 곳이고
당연히 상식을 벗어난(?) 釣行(조행)이니
궁상스럽기도 하고 평범하지 않을 수밖에 없다.
서해바다 해안선과 평행을 이루는 제방을 중심으로 ㄴ자 형태로
상류에는 전역이 뗏장수초로 덮여 있고 군데군데
부들이나 갈대군도 형성되어 있는데 그 상류를
시멘트 포장 농로가 가로질러 나있어 조금은 그 부분이 아쉽지만
내가 즐겨 찾는 한겨울에는 낚시인도 많지 않아
그리 옹색함을 느끼지 않아도 되고 한겨울 제방 쪽에서

불어대는 북서계절풍 칼바람을 산자락이 막아줘서 상류
산자락 밑에 낚싯대를 펴고 앉으면
햇살이 조금만 비쳐도 아늑함을 느끼고
바람에 일렁이는 수면도 밀생한 수초가 잠재워 줄 뿐 아니라
글루텐을 콩알만 하게 달아 던지면 제 시즌 못지않은
마릿수 재미가 쏠쏠한 그런 낚시터다.

토종붕어가 많고 떡붕어는 그리 많지 않은 것 같은데도
한겨울에는 유난히 떡붕어가 많이 낚인다.
혹자는 붕어는 토종붕어가 최고이며 떡붕어는 힘이 없어 별로라 하지만
정작 떡붕어의 당찬 손맛을 경험해보면 그런 말을 하는 자들이 과연
낚시를 제대로 알고 이야기하는지 의심스럽다.
특히 챔질과 동시에 민감할 대로 민감한 한겨울 떡붕어가
수초대로 맹렬하게 처박는 저항을 느껴본다면
또 다른 낚시의 매력을 느끼고 사실 한겨울에 그 정도 손맛에
그 정도의 조황이인데 떡이면 어떻고 부침개면 어떤가.

낚시를 하면서 많은 궁상을 떠는데 특히 배다리지에서
유난히 궁상을 떨었던 것은 푸짐한 한겨울의 조황 때문이다.
많은 사람들이 모이는 것은 아니지만
밀생한 수초대에 찌 하나 세울 수 있는 공간을
확보하는 것도 그리 만만치 않고,
특히 제한된 산자락 밑의 바람막이 특급자리는

몇 명 안 되는 현지 꾼과의 경쟁도 치열하다 보니
아예 파라솔 텐트를 치고 장기간 장박낚시를 하게 되는데
짧으면 삼일이요, 평균 일주일은 예사다.
그러니 어디 사람 꼴이 제대로이겠는가.
저수지물로 양치질이야 흉내는 내지만 버너로 코펠에 물 데워
수건에 적셔서 얼굴 한번 문지르는 고양이세수에,
추위를 이기기 위해 겹겹이 껴입은 옷은 흡사 그림에서 보았던
육이오 사변 때 인해전술로 밀고 내려오던 중공군 모양새 그대로고,
한기를 막기 위해 논바닥의 볏짚을 바닥에 두툼하게 깔고
텐트 주위에 이엉을 엮어 두르고 농협에서 판매하는
비닐하우스용 비닐을 구입해 둘러쳐 놓으면
나름대로 아늑한 공간이 된다.

포인트도 지키고 번잡스럽게 왔다 갔다 하는 수고를
안 해도 되지만 사실 얼마나 지지리 궁상맞은 짓인가.
궁상을 얼마나 떨었던지 집도 절도 없는 떠돌이나
IMF 실업자로 오해한 인근 동네의 할머니 한 분이
마을 누군가의 잔치음식을 함지박에 담아 머리에 이고 와서
내려놓으며 하는 말이
"젊은이 아무리 힘들어도 마음 모질게 먹고 일어서야지.
이러다 객사라도 하면 부모님께 불효를 저지르는 거야."
"멀쩡한 육신에 처자식도 있을 법한데
집에 기별이라도 해야지. 엄동설한에 이러면 되는가!"

"오가며 보니 하루 이틀도 아니고 벌써 며칠째 이러고 있는데,
거 IMF인가 때문에 그러는 모양인디 무섭기는 무섭다드만,
우리 마을도 금붙이 모은다고 난리랑게."
"식기 전에 어여 먹고 기운 채려서 처음부터 새로 시작혀."
화끈 달아오르는 얼굴을 애써 감추며
낚시가 좋아 이러고 있노라고 차마 말하지 못했다.
더 이상 그곳에 머물기도 면구스러워 그날로 낚싯대 접어 집으로
향했다.
가족들이 이런 모습을 보았다면 얼마나 처절했을까?
그때의 나의 궁상스럽고 도량 없던 낚시 행각은 지금 생각하면
부끄럽고 한심하지만 한편으론 아련한 그리움으로 떠오르곤 한다.

살아계셔서 한 번쯤 낚시방송을 보셨다면
그때 지지리 궁상을 떨던 사람이
나였던 것을 기억하시고 있지는 않을까?
결국 낚시를 하면서 나에겐 보이지 않는 궁상이 있고
그것은 그것대로 하나의 추억으로 남는다.
그 사이 낚시 여건은 많이도 변했다.
장비나 채비, 기법도 달라졌지만 환경이나 주변의 편의시설도
급속도로 발전했다.
현대화된 모든 것이 첨단을 뽐내며 편함을 추구하고
가족이 함께하며 생활과 밀접한 연관성을 갖는 추세이고
낚시도 예외가 아니지만, 아주 가끔씩은

지지리 궁상을 떨어도 좋으니
그 환경 그때 그 시절이 다시 왔으면 하는 생각을 해 본다.

적당히 허풍이 가미되고 조금은 촌스럽고 궁상스런 모습이
낚시의 참 모습은 아닐는지….

벼는 익을수록 고개를 숙인다는데

내 고향은 충청도 두메산골이다.
물 좋고 경치 좋고 인심 좋은 고장이지만
어릴 때 지독한 가난은 그곳도 예외는 아니었다.
논보다 밭이 많은 산골이다 보니 하루 두 끼가 보통이고,
그것도 쌀보다는 잡곡이 주식이었고
쌀밥은 명절이나 몇 번 있는 조상의 제사 때나 맛볼 수 있는
귀한 음식이었다.
사실 지금으로 치면 건강식만 먹었고 자연식만 하다 보니
낚시로 그 많은 날들을 지새워도 끄떡없는 체력이
그 덕인지도 모른다.

논이라야 산골짝에 있는 킹콩 손바닥만한 다랑이
천수답뿐이었으니 거기서 나오는 소출은
가히 짐작이 가고도 남는다.
누가 시키지 않아도 아무리 철이 없는 어린아이도
투정 한번 부리지 않고 배고픔을 참아냈다.
천수답에서 자란 벼들은 수확할 시기가 돼도
빈 쭉정이뿐이라서 늘어진 벼이삭을 볼 수가 없고,
정미를 해도 싸라기 일변도라서 영양 면에서도
기름진 요즘의 쌀과는 비교가 되지 않았다.
그런데도 제때 맞춰 비 오기를 기원하면서
천수답에 모를 내는 이유가 무엇일까?
다른 잡곡을 심어 수확해서 장에 내다 팔아 쌀을 사는 것이
경제적인 측면에서 더 이익일 거라고
60년대 중반 국민학교 상급생이었던 나는 생각을 했었다.
허나 다 이유가 있고 뜻이 있음을 알았다.
그 당시 집들은 모두 초가였고 가을이 깊어지면 이엉을 이어야 하기
때문에 짚은 필수 불가결한 충분조건이었던 것이다.
비록 쭉정이가 태반이요, 알알이 탐스럽게 속이 찬
벼이삭이 무거워 고개를 들지 못하는 것은 언감생심
꿈도 못 꿀 척박한 상황인데도 천수답 논농사는 해마다 계속된다.

누구라도 많은 세월을 물가에서 지내면 느끼게 되고
조력이 쌓이면 터득하는 낚시의 기본이 있다.

기압골의 형성이나 저수온 등 자연적인 변화에 민감한 것이
바로 낚시이고 사소한 자연의 변화에도 절대적인
영향을 받는다는 사실이다.
이럴 때 미끼를 물고 늘어지는 건 잔챙이뿐이다.
어느 정도 자라 성어가 되면 비록 미물이지만
여건이 아니면 결코 먹이활동을 하지 않는다.
헌데 잔챙이는 예외이다. 겁 없이 설치고 되는 대로 먹는다.
낚시터에서 만나는 사람 중에, 이름이 알려진 낚시인 중에,
잔챙이 붕어 마냥 겁 없이 설쳐대고
천수답의 쭉정이뿐인 벼처럼
목이 뻣뻣한 낚시인은 과연 없는지….

산악인과 낚시인의 공통점이 무엇일까?
공통점을 굳이 찾는다면
취미생활과 여가선용을 자연 속에서 한다는 면에서는
그 궤를 같이 하지만 구체적인 방법으로 들어가면 묘해진다.
물론 일부 산행을 빙자한 건전치 못한 교제의 장으로
관광버스 내의 음주가무나 탈선이
한때는 지탄 받은 일이 있지만 그것은 일부이고
정통 산악인들은 산에 오르면 오를수록 겸손해지고
겸허해지는 것을 본다.
대자연의 위력 앞에 인간이 얼마나 미약하고 무력한 존재인지
느끼기 때문이다.

유명 등산로에는 유사 시 이용할 수 있는 대피소와 쉼터들이
있는데 그곳의 집기나 먹을거리들이
산장지기가 없어도 없어지거나 훼손되는 일 또한 없다.

헌데 왜 낚시인들은 출조 횟수가 많아지고 조력이 늘수록
기고만장해지고 방자해지는 것일까?
내가 제일이고, 내 기법이 최고이며,
내가 사용하는 조구가 만능에, 내가 잘 낚으면 실력이고,
남이 잘 낚으면 포인트가 좋은 것이며,
남보다 장비나 채비가 좋아야 되고,
미끼를 어떻게 쓰는지 몰라도 일단은 외국어가 들어 있어야 하고,
용도를 제대로 몰라도 장비 또한 고급 외제를 가지고 다녀야 폼 나고,
내가 속한 단체가 아니면 타 단체는 배척해야 할 대상이고.

낚시터에서 왜 그리 분실사고는 많은지,
낮에는 정다운 낚시 이웃이 밤에는 도둑놈이 아닐까 걱정이 되고,
눈이라도 붙이려면 가방부터 챙겨야 되고,
펼쳐 놓은 낚싯대 걱정에 잠시 자는 잠도 그나마 뒤척이다
종래는 낚싯대 앞에 앉아 끄덕끄덕.
붕어 명줄을 많이 끊어 인간이 사악해진 것인지
아니면 수치상 국민소득만 높고 속 빈 강정이다 보니
외형적 모습을 갖추려고 양상군자가 되는 것인지,
낚시 본연의 정취는 사라지고

살벌한 서바이벌 게임장으로 변해 가고 있다.

인류학자들이 21세기 세계를 주도할 요건을 제시했는데
아전인수 격인지 모르지만 딱 우리 민족이다.
서양엔 유명한 예언가인 노스트라다무스가 있지만
우리의 조상 중엔 남사고, 정북창, 토정비결의 주인공
토함 이지함 선생 등이 있다.
그들의 예언서도 은근히 암시를 하는 것이 21세기
미래의 주인공은 분명 한민족이다.
대략 다섯 가지 요건의 충족이 그것인데
첫째가 모필 문화요, 두 번째가 상형문자권의 나라고,
셋째가 젓가락 문화이며 여기까지는 중국, 일본도 포함되지만
네 번째 유교사상이 있는 조건에서 일본이 떨어져 나가고
마지막이 발효식품을 주식으로 먹는 나라에서 중국도 탈락하고
이와 같은 요건이 충족되는 나라가 우리 말고 또 어디 있는가!

그때가 돼야 익을수록 고개를 숙이는 벼처럼 우리의 낚시문화가
제대로 자리를 잡을 것인가!
미래는 후손의 몫이다. 가까이 매일 만나는 낚시인끼리,
서로를 아끼고 존중하며 서로 양보하고 자신을 낮추는
겸양의 미덕만 갖는데도 우리는 몇 단계 낚시의 위상을
높일 수 있다.
자연 속에서 낚시를 즐기는 사람들.

결코 우리는 쭉정이뿐인 천수답의 벼가 아니다.

코미디 시대

언제부터인가 낚시를 하는 짬짬이 텔레비전을 멀리하고
영화를 보는 기회가 많아졌다.
예전에는 일정 시간이 지난 뒤 수시로 방영하는 TV로
본의 아니게 보곤 했지만 줄 서 극장표를 구입해서
주기적으로 영화를 보기 시작한 것은 '실미도' 이후부터이다.

우리 영화의 단골메뉴였든 억지 춘향이식 멜로물이나
사랑타령 일색인 천편일률적인 소재에서 벗어나
다양한 장르의 소재들이 등장하고 규모도 블록버스터로
흥미를 유발하기 때문에 더욱 가까이 다가가는 것 같다.
'실미도'를 시작으로 '태극기 휘날리며', '동막골', '태풍',

‘야수’, ‘홀리데이’, ‘무극’ 등 주제나 흥행에서
성공을 거둔 영화 모두를 관람했고
그중에서도 내가 좋아하는 분야는 가볍게 웃고 넘길 수 있는
‘가문의 영광’이나 ‘투사부일체’, ‘왕의 남자’ 등이다.

갑자기 영화관을 자주 찾게 된 것은
영화를 좋아하는 가족들의 영향이
가장 크게 작용한 이유도 있지만
물가를 찾는 시간이 많으면 많을수록 가족들에게
미안함이 커지는 것도 하나의 요인이었다.
잠시라도 가족들과 같이 시간을 보내는 것이
그나마 최소한의 도리를 한다는 마음에서 시작된 것이
이제는 습관적인 행사가 되었고
참으로 다행스럽고 잘했다는 생각이 들고
가장 근본적인 이유는 우리네 영화 수준이
그만큼 질이나 양적으로 향상되고 있기 때문이다.
근자에 스크린쿼터 문제로 영화계가 시끄럽고
그 귀추 또한 주목된다.

컴퓨터에게 지존의 자리는 내줬지만
한때 텔레비전이 우리 생활에 가장 밀접한 문명의 총아로 자리
잡았던 때가 있었다.
물론 지금도 굳건하게 정상의 위치에 있고

이후에도 위상은 변함없을 것이고
좋건 싫건 간에 눈이 머무는 그 어느 곳이나
영원히 있을 확고한 지위지만
바보상자라 우려했던 시절이 있었고,
무차별적인 안방폭격에 아이들 눈 가리기 급급할 때가 다반사다.
그중에서도 특히 사회적 흐름이나 분위기를 유도하는 기능은
가히 상상을 초월한다.
불륜 소재의 연속극은 유부남, 유부녀의 탈선을 유도하고
우리 사회에 애인 신드롬은 불륜을 유행시키는 데 기여했고,
덕분에 눈 뜨고 고개 돌리면 도처에 자리 잡은
러브텔이나 모텔의 영업 신장에 기여했으며,
산부인과 활성화에 일조하고,
목욕탕에서 벌거벗고 서 있는 남성들의 아랫도리는
멀쩡한 사람은 기가 죽게 수십만 원 들인 인테리어가 우선이고,
허긴 여성들도 예쁜이수술 바람이 불고
그 성능을 제삼자에게 한 번쯤은 확인하고 싶고,
제비들은 역으로 그들을 노리고,
도처에 성인용품은 특수를 누린다.
그 와중에 그나마 온 가족이 즐겁고 마음 편하게 푸근함을
느끼고 웃어보자고 채널을 돌리다 보면 기상천외한 몸부림을
보게 된다.
오락적인 요소의 프로그램은 반쯤 벗은 여자들의 섹스어필한
모습이 필수고 가수나 배우나 스타가 무언지

몸으로 말하려는 저들의 목표는 인기와 돈이다.
그러면서 걸핏하면 성추행이나 성폭행을 들먹이고
성차별을 내세운다.
벗고 설치고 자극시키고 흥분시키면서 책임은 남자들이 지란다.
코미디와 개그 역시 장르의 한계가 무엇인지 모르지만
내용은 가히 엽기적이다.
상식을 초월한 몸동작이나 표정, 하나의 유행어를 만들고자
시도하는 처절한 몸부림.
유치의 한계를 넘어 처연함을 느끼게 한다.
해학과 풍자, 위트에 넘치는 내용도 있지만 극히 일부분이고
상식을 넘는 오버가 주류다.

소재의 제약, 아이디어의 빈곤 때문만은 분명 아니다.
출연자의 자질 때문만도 아니다.
사회적 흐름 때문이다.
텔레비전은 그 시대의 시대성이나 사회성을 유추할 수 있는
척도가 된다.
그중에서도 일상의 반복과 궤를 같이하는 텔레비전은
현 사회의 자화상이다.
문제는 영향력이 큰 만큼 책임의식도 따라야 하는데
시청률은 지상 최고의 명제이고 그것은 광고로 연결되는
돈이기 때문에 순위경쟁이 최우선이다.
심지어 정치, 경제, 사회 문화 등도 전혀 다른 분야지만

같은 맥 속에서 유기적으로 움직이는 공동체인데
어찌된 일인지 모두가 하나같이 한 편의 코미디나 개그로
흐르고 있다.
정치인의 증세, 감세, 사학법, 과거사, 인권위 등 네 탓이요,
말장난은 가히 최고의 대상후보 코미디요,
줄기세포 진위 논란은 과학계의 한 편의 고급 개그프로를
보는 것 같고,
압권은 군기를 생명으로 하며 상명하복이 최우선인
군 조직의 웃기는 이야기다.
전방 철책선에서 총기 사건이 있고 나서 군 직제가 바뀌었다.
직속상관 관등성명에 국방부장관 위에 '이등별'이라는
새로운 상관이 생겼다.
고참이나 상관이 두려운 것이 아니고 이제 전입해온
신병이 두렵다.
이것도 언제 바뀔지는 아무도 모른다.
어느 날 장교나 부사관이 졸병들 때문에 괴로워서
군 생활 못하겠다고 총기난동 부리면
그때 바뀌지 않겠는가.
말도 안 되는 소리지만 어차피 말 안 되게 진행되고 있잖은가
말이다.

입대하고 한 번도 면회를 가지 못해 미안한 마음에
짬을 내 아들 녀석 면회를 가 보니

이건 군도 아니요, 가관이라는 생각밖에 들지 않았다.
길을 가다가 고참을 만나도 인사를 하지 않아
이런 군인답지 않은 녀석이 과연 나의 아들인가 의심이 들어
물어보니 같은 내무반 고참이 아니면 인사하지 않아도 된단다.
믿기지 않으면 논산 쪽으로 낚시 일정을 잡아
이제 갓 입대한 신병들을 보면 된다.
고향이 논산, 그것도 연무대라 자주 가는 입장에서
어릴 때 취학 전 그때는 놀이문화가 없어 다반사로 있었던
전쟁놀이만도 못한 훈련병들을 보면서 특수훈련된 일개 분대면
논산훈련소 전체를 쑥대밭을 만들고 전멸을 시킬 것 같은
아찔한 생각에 현기증이 솟는다.
교장을 오가며 바로 우리 집 대문 앞을 지나는데
부사관급의 교관이 작대기 하나 훈련병에게 왈
"뒤에 빨리 좀 오십시오."
"좌우 간격 좀 맞추세요."

아무리 시대가 변해도, 가치관이 달라져도 원칙은 같다.
존댓말을 써야만 인격이 존중되고
룰이나 형식으로 얽어맨다고 충성심이나 전우애가 생기는 건
아니다.
극한 상황에서 같이 고민하며 부딪히고 악조건을 극복하고
잠재된 무한능력을 깨우쳤을 때
진한 유대감과 함께 전우애와 존경심이 생기는 것이다.

한반도를 무대로 휴식 없이 펼쳐지는 장편의 코미디는
도처에서 펼쳐진다.
낚시로 인한 해프닝은 그나마 애교도 있고 순수함도 있다.
내가 해병대를 사랑하고 나의 해병시절에 인생 최고의 가치를 두는 것은
엉덩이가 피투성이가 되어 화장실에서 살에 붙어버린 바지를 벗지 못해
면도날로 째고 볼일을 보면서도 선배들이나 상관을 원망하지 않았고
탈영이나 항변을 하지 않은 것은 유사시엔 저들이 나 대신
총알을 막아주고 지켜 준다는 믿음이 있었기 때문이다.
힘들고 어려울수록 그것을 이기고 극복했을 때 성취감은 높아진다.
사상최악의 상황이라고 낚시업계에 종사하는 사람들은
난리인데 경제는 살아나고 살만한 세상이라고
저 높은 곳에선 강조하는데
제발 한 편의 희극이 아니길 바란다.

間隔(간격)

울창한 숲을 조성하려면 무조건
나무를 많이 심는다고 되는 것이 아니다.
일정한 거리를 두고 심어야
충분한 수분이나 영양분을 흡수할 수 있고
제대로 자랄 수 있기 때문이다.
빽빽하게 묘목을 심었다가도 자라는 과정에서
싹수가 보이는 것만 남기고 나머지를 뽑아버리고 가꾸어야
충분한 결과를 얻을 수 있다.
농부들이 고추를 심더라도 꼭 모종을 하고
적당한 거리를 두고 하나씩 구덩이를 파서
옮겨 심는 수고를 하는 것이나

못자리를 만들고 모내기를 하고, 감자나 고구마,
논두렁에 심는 메주콩도 간격을 맞추고
텃밭의 상추나 무, 배추도 일정 이상 자라면
솎아 내서 그 간격을 맞추어 준다.
자연이나 인간관계나 일정한 거리
즉, 간격은 중요하다.
특히 남녀 간의 관계에서 간격의 의미는 대단히 중요한데
우리는 그 중요성을 잊고 산다.

말하기 쉽게 목숨까지도 바칠 정도로 사랑한다며
때와 장소를 가리지 않고 애정표현을 하고
죽자 사자 하는 커플들이 끝까지 가는 경우가
과연 얼마나 될까?
불같이 타올랐다 금방 식어 찢어지는 경우가 다반사다.
모든 것은 은근해야 되고 일정한 거리를 갖고
약간의 긴장감이나 기대감이 있어야
그 관계는 오래가고 그 과정에서 믿음과 신뢰가 쌓이며,
그것을 바탕으로 사랑하는 관계는
사소한 서운함이나 의도하지 않았던
외부적인 여건에도 흔들리지 않는다.

왜 너무 가까우면 가까울수록 헤어지는 확률이 높을까?
그것은 사소한 일에 서운해지기 때문이다.

가까운 사이다 보니 사소한 일쯤은 얘기하지 않을 수도 있고
그냥 지나칠 경우도 있는데
상대방은 그것조차도 우리 사이에 비밀로 했는가 싶어
서운함이 들고 트러블의 빌미가 되는 것이다.

일정한 간격을 유지하며 기본 예의를 지키는 사이라면
대수롭지 않은 일인데 격의 없는 가까운 사이다 보니
사소함이 감정상으로 정도 이상 크게 작용하고
견원지간이 되기도 한다.
가까운 사이면 더 이해할 것 같지만 실상은 오히려 정반대다.

요즘 젊은이들의 애정표현이나
평소 행동을 보면 이혼하는 커플이 갈수록 적어야 할 것 같은데
이혼율은 점차 늘어난다.
그렇게 죽고 못 사는 사이면 끝까지 가야지,
어제까지 가장 가까운 사람이 오늘은 남이 되니
결코 솔직한 감정 표현 때문만은 아니다.
특히 인기 연예인이나 유명인들을 보면
제 목숨 바칠 것 같은 사랑을 하는 커플 치고
온전한 경우를 본적이 없다.
은근함으로 상대를 배려하며 일정 간격을 유지하지 않기 때문이다.

한두 살 차이나 같은 또래이면서 낚시 쪽에서 활동하는 분들이

많이 있다.
순수한 낚시인도 있고 조구업에 종사하는 분들도 있고
같이 방송하는 분들이 있다.
비슷한 나이에 자주 만나고 함께하는 시간이 많다 보니
십수 년 이상 친분을 유지하며 친형제 이상 가까운 사람이 있는가 하면,
깊이 알게 된 것은 얼마 되지 않았지만
같이 있어서 편하고 마냥 좋은 사람들이 있다.
처음에는 오해를 많이 사기도 했다.
친구처럼 가깝게 대하고 격의 없이 너니 내니 지내고 싶은데
꼭 예의를 갖추니 사실 그들 입장에서는 불편하기도 하고
의도적으로 멀리하는 것으로 오해를 하는 것이다.
어느 날 우연히 모인 자리에서 자연스럽게 이야기가 나오고
친구처럼 터놓고 지내자는 말이 나왔는데
그 제의를 정중히 거절했다.
좋은 관계로 좋은 감정으로 서로를 존중하며
영원히 가고 싶기 때문이다.

그냥 좋아서 시작한 낚시지만 세월이 흐르다 보니
내 자신도 모르는 사이에 너무 깊숙이 들어와 버렸고
그것은 하나의 족쇄가 되어 내 자신을 얽매고 있다.
그 과정에서 가장 아쉽고 후회스러운 것은
낚시를 매개로 의도적으로 접근한 사람들에게
마음을 주고 속내를 보인 것이다.

아무런 생각 없이 있는 그대로 노출시키다 보니
낚시 쪽에서 자기의 입지나 주장을 펴려 든 자들이
어느 날인가 위치를 확보했다 싶으면
등 뒤에서 비수를 들이대는 것이었다.
형이니 동생이니 친형제처럼 지내다가도
어느 날인가부터 적이 되어 앞에 서 있는 것이다.

지향하는 바가 다르고 소속된 낚시단체가 다른 경우도 있지만
대개는 낚시인으로 자신의 입지를 확보하고 부각시키기 위한
희생물로 이용하는 것이고
그냥 평범한 낚시인이다가 이름이 알려지고 나니
자신의 과거나 전후, 좌우 자초지종을 아는 그 누군가가
부담이 되고 애써 그를 부정하고 폄하하려 한다.
누구나 적은 가까이에 있다.
주변에 있으면서 가장 나를 잘 아는 그가
결국은 적이 되는 것이다.
몇 번의 가슴앓이를 겪으면서 느낀 것은
일정한 간격을 갖고 오래가자는 것이다.

낚시 역시 그 간격의 법칙은 예외가 아니다.
낚시터에 도착하면 가장 먼저 요구되는 예절이
곧 낚시자리, 곧 낚시인과의 간격이다.
먼저 온 낚시인이 가장 좋게 보이는 포인트에 앉아있으면

아무리 그 포인트가 욕심이 나도
그 옆에 낚싯대를 펼 수는 없다.
둘이 동시에 낚싯대를 들어 옆으로 돌려도 닿지 않는 거리에
낚싯대를 설치하는 것이 기본이자 예의이다.
개인이 두세 대 펼치는 낚싯대도 일정한 간격을 유지하는데
들쭉날쭉 미친년 미나리 다듬 듯하는 낚싯대 편성만 봐도
그 사람의 낚시관이나 조력을 유추할 수 있다.

친근감을 표시한다고 너무 격의 없이 대하다 보면
함부로 말하게 되고
본인은 의식하지 못하지만 결국은 생채기를 남긴다.
울창한 숲을 조성한다고 간격 없이 나무를 빽빽이 심어놓으면
자라지도 못하고 잡목일 뿐이다.
밀림을 조성하려면 수종의 선택도 중요하지만
나무 간의 간격이 제일 우선이다.

인간관계 역시 존경심과 배려를 같이 가지고 오래가려 하면
일정한 간격을 유지하고 예의를 가지고 대해야 한다.
고속도로의 차간 거리나 획일적인 구조물들만
간격과 일정한 거리가 필요한 것이 아니다.

일정 간격을 유지해야 하는 것은 바로 사람과 사람이다.

모두 어디로 가는가

낚시인들의 결속을 다지며 진정 실력 있는 낚시인을 찾고
가장 어렵다는 경기낚시 단체의 활성화에 정열을 쏟아
빈사상태의 민물 프로낚시연맹의 활성화에 팔을 걷어붙이고
패기 어린 추진력을 발휘하던 친구의
갑작스런 비보가 가슴을 아프게 한다.
사업체 운영과 낚시방송 출연 및
조구업체의 낚시강사로 종횡무진 활동하며
건강을 과시하던 그였는데 믿어지지 않는다.
구정 연휴를 며칠 앞두고 외국 출장길에 오른다는
전화 통화를 하면서 올해는 사소한 마음의 앙금까지도
모두 털고 가자며 귀국하면 모두가 한자리에 모일 수 있는

자리를 만들겠다고 덕담과 함께 출발했던 그를
이제 다시 만날 수 없다.

잊을 만하면 가까웠던 낚시인들이 유명을 달리해서
안타까움과 슬픔을 준다.
월드컵의 열기가 한바탕 한반도를 휩쓸고
그 여운이 채 가시지 않은 2003년 초봄,
예전에 같은 낚시회에 있던 조용한 성격으로
나이를 짐작하기 어려운 어린아이 같은 동안에
빙그레 미소 짓던 동갑내기 친구인 'O'라는 친구가 있었다.
건강원을 운영하고 있어 자원의 고갈이나
어자원의 남획에 관계된 이야기만 나오면
슬그머니 자리를 뜨고 직업이면서도 무슨 죄인인 양
자기가 낚은 붕어 한 마리 떳떳하게 챙겨가지 못하는
소심한 성격이라 법 없이도 살 수 있다는 말이
바로 이 친구 이야기가 아닌가 할 정도로
여리고 착한 낚시 친구였다.

한참 소식이 없어 궁금하던 차에 불쑥 전화를 걸어왔다.
두주불사하는 애주가면서 가끔 위궤양에 장염에 병치레를 자주하는
편인데 장호원 엄정의 추평지에 좀 이른 편이지만
붕어 소식이 들리니 둘이 한번 다녀오자며
일정은 이틀 정도면 어떻겠냐는 제의였다.

나야 구실이 없어 못 가는 입장이라 서둘러 준비를 마치고
그와 함께 아직은 쌀쌀한 이른 봄 새벽공기를 가르고
추평지로 내달리는데 왠지 안색이 창백하고
예나 지금이나 낚시를 떠날 때는 소풍 전날의 어린아이처럼
들뜨기 마련인데 기대감이나 설렘도 찾아보기가 힘들었다.

뿐만 아니라 평소에 약속하지 않아도
각자 먹을거리나 취사도구를 챙기고
여행 자체를 즐기는 기분으로 낚시를 하는데
이 친구의 준비물이 평소와는 달랐다.
소주 열 병에 환타 다섯 병.
평소에 술을 즐겨하니
소주를 챙기는 것이야 당연하고
내가 술을 하지 않으니 나를 배려해서
음료수를 준비했나 했더니 그게 아니었다.
이틀이래야 점심은 간단히 라면으로 때우면 되고
저녁 식사와 아침만 해결하면 되니까
내가 챙긴 먹을거리만 해도 넉넉해서 개의치 않았지만
무엇인가 부족감인지 허전함인지 아쉬움 드는 것이었다.

어둠이 깔리며 밤낚시는 아직 이른 계절이라
밥을 짓고 찌개를 준비했는데도
이 친구는 전혀 거들떠보지도 않고

챙겨온 소주만 연신 들이마시는데
내 몫인 줄 알았던 환타는 바로 안주 대용이었다.
소주를 병 째로 들어 한 모금하고 환타로 입가심하며
빈 병이 늘어나면서 그의 한숨소리도 잦아졌다.
평소 그의 성품이나 행동하고는 영 딴판이라 의아해하면서도
내 오래된 낚시친구들은 낚시터에 일단 앉으면
서로를 간섭하지 않으며 졸리면 슬그머니 자리에서 일어나
휴식을 취하고 배가 고프면 누구든 먼저 준비를 하고
낚시 삼매경에 빠진 친구를 방해하지 않는 것이 불문율이었다.
허나 유별나게 오늘은 그 친구에게 신경이 쓰이고
알싸한 느낌이 온몸을 휘감는 것 같아 조용히 물었다.
"O형! 혹 집에서 무슨 불편한 일이라도 있었습니까?
술을 즐기는 건 아는데
오늘따라 안주도 없이 어찌 술만 그리 합니까?"

밤낚시를 하기엔 아직 이른 시기이고
평소 같으면 먼저 자리를 털고 일어나
차에서 휴식을 취할 상황인데도
오늘은 왠지 떨치고 일어나지 못하는 내 자신이 이상하면서도
혼자 있게 하기에는 마음 한구석이 비는 것 같아 말을 건네는데
이미 주위는 완전히 어두워졌고 골 자리를 마주하고 앉은 그는
묵묵히 찌만 내려 보며 말이 없었다.
필경 집이나 주위에서 마음 상한 일이 있거나

신상에 무슨 어려운 일이 있는데
평소 내성적이고 소심한 성격이라
'말도 못하고 고민하는구나' 생각했다.

이제까지 그 많은 날들을 낚시친구로 지내면서
앞장서서 낚시가자고 해 본 일이 없는데
먼저 제의를 해온 것도 이상하고,
꼭 술친구 곁에 자리를 잡아 낚시를 하던 그가
나 하고 단둘이만 오자고 한 것도 의아했지만
뭔가 범상치 않은 그의 태도에
더 묻지도 못하고 나 역시 그가 일어설 때까지
그냥 자리나 지켜야겠다는 생각을 하며
의자 등받이에 최대한 편안한 자세로 비스듬히 앉아
묵묵히 어둠이 내리고 말뚝처럼 미동도 하지 않는
찌만 바라보다 설핏 잠에 빠져들었다.

으스스 한기를 느끼고 자세를 바로 잡으려는 순간
친구의 들썩이는 어깨가 보이며
꿈속인 양 흐느낌이 들려왔다.
그가 울고 있었다.
흐느낌은 곧 통곡으로 변했고
깊은 밤 한적한 저수지의 을씨년스런 분위기는
모골이 송연함을 느끼기에 충분했고

영문을 모르는 나는 어찌할 줄 몰라
무엇에 홀린 기분으로 숨소리도 죽인 채
얼마나 시간이 지났는지 모른다.
"이형! 이것이 나의 마지막 낚시가 될지도 모릅니다.
남에게 해를 끼치며 살지 않았고
악행을 저지르지도 않았는데
왜 내게 이런 형벌이 주어지는 겁니까?
내일 집에 돌아가면 난 병원으로 가야 하고
다시는 물가에 나올 기회를 갖지도 못하고
좋아하는 소주를 두 번 다시 마시지도 못할 겁니다.
말기랍니다. 도저히 현대의학으로는 어쩔 수 없는…."

채 한 달을 못 채우고 진달래가 흐드러지게 피고
소쩍새 우는 봄날,
아지랑이 따라서 그는 멀리 떠나갔다.
그 후 매년 낚시친구 중 여러 사람이 우리 곁을 떠났다.
넉넉한 품성에 찾아오는 사람마다
언제나 웃는 얼굴로 피로까지 잊게 해주던
아산 신수지의 주인장이 멀리 떠나더니,
이듬해 민물 프로연맹을 창설하면서
멀리 울산에 거주하면서도 전국을 다니며
갖은 고생과 궂은일을 맡아 하던
해병대 후배여서 유난히 각별하던

상임부회장의 유고가 우리를 슬프게 하고,
듬직한 체구에 중층낚시 초기부터
거의 일 년 중 삼백 일을 낚시터에 묻혀 살며
붕어드림팀의 막내로 결혼도 해 가정도 꾸리고 안정을 찾던
여서도 부시리 낚시를 마지막으로 이제는 볼 수 없다.

어차피 언젠가는 흙으로 돌아가는 것이 인간이라지만
너무 허망하다.
꿈인가 싶은데 하지만 현실이다.
그들이 정열을 낚시에 바쳤고
못다 이룬 꿈들은 우리에게 과제로 남기고 그렇게 떠나갔다.
언젠가 우리도 숙제를 남기고 떠날 것이리라.

예년보다 빨리 찾아온 봄기운에
붕어 소식도 들려오는데 이제 떠나고 곁에 없지만
그들과 함께하던 저수지 한 귀퉁이에서
그동안 참았던 모든 슬픔을 떨치고 싶다.
꺼이꺼이 목 놓아 울며 가슴속의 응어리를 모두 쏟아내고 싶다.
내 곁을 떠난 낚시인들의 공통점은
유명을 달리하기 전 나와 관계된 묘한 전조가 있다.
한두 번이 아니고 매번 반복되다 보니
괴이한 생각이 들기도 한다.
전날 마지막으로 같이 있었거나

평소 같으면 그럴 상황이 아닌데 통화를 한다거나
가슴 깊이 묻어 놓았던 가정이나 개인의 이야기를 털어놓으며
진한 눈물을 보이는 것이었다.
이런 내 자신이 어느 땐 섬뜩한 느낌이 들기도 하고
기이한 생각이 들면서 무력감도 느끼지만
남보다 많은 낚시인을 만나다 보니 우연의 일치일 것이리라.

그럴 때마다 모두를 사랑하고
서로 이해하며 화해와 용서의 마음으로 살아가라는
교훈을 주는 것이라 생각한다.
먼저 가신 그들의 낚시에 관한 열정이 헛되지 않게
언제나 최선을 다하리라 다짐하지만 그 안타까움이
해소되진 않는다.
아지랑이 따라 주마등처럼 스치는 추억들이
오늘은 유난히 슬프다.
모두 어디로 가는가!

즐길 줄 아는 것이 최선

450g의 축구공 하나가 세계를 들끓게 한다.
목이 터져라 대한민국을 연호하며
팔이 저리도록 태극기를 흔들고
밤잠을 설쳐 붉게 충혈된 게슴츠레한 눈과
피곤에 지쳐 일상이 궤도를 벗어나지만
그래도 우리는 즐거웠다
목표했던 16강의 꿈은 접었지만
잠시나마 우리는 하나임을 확인했고
세계를 깜짝 놀라게 한 우리의 응원문화는
하나의 트렌드로 확고하게 자리를 잡았다.
붉은 옷, 붉은 깃발, 세상이 온통 붉은색으로 물들었다.

세상은 참 많이도 변했다.
한때 이념문제로 붉은색이 터부시되던 시대가 있었다.
휴전선 이북은 붉은 세상으로 묘사되었고
심지어 자동차 색상조차도 소방서의 소방차 외에는
붉은색은 거리를 질주하지도 못했었다.
그러나 이제는 응원문화와 함께
붉은색은 대한민국하면 가장 먼저 떠오르는 상징이 되었다.
비록 목표로 했던 16강에는 들지 못했지만
최초로 원정 1승을 올렸고 승점 4점을 얻었고
긍정적인 내일을 보여주었지만
가슴 한구석이 답답한 것은 왜일까?
외신기자가 한 한마디 말이 종래 마음에 걸린다.
"한국은 축구를 이기기 위해서 하는 것이 아니라
지지 않기 위해서 한다."
"즐기는 축구가 아니라 사생결단이다."
대 토고 전, 이기고 있는 상황에서 상대 문전에서의 프리킥을
뒤로 돌리고 시간을 지연시킨 것에 대한 따끔한 일침이지만
매 경기 모습을 자세히 살펴보면 한편으론 수긍이 간다.
우리 선수들은 목숨을 건 건곤일척의 승부를 하는 것이다.
선수들의 각오 역시 비장하기 이를 데 없다.

"운동장에서 쓰러져 죽는다는 각오로 경기에 임하겠다."
예전에 경기가 일본에서 열리면 꼭 등장하는 단어가 있었다.

경기에 지면 현해탄을 바르게 건너지 않겠노라고.
모든 경기를 다 이긴 것도 아니고 그렇다고
운동장에서 쓰러져 병원으로 이송한 적도 없고
현해탄에 몸을 던진 사람도 없다.
국가를 대표하는 선수들에게 괜히 딴지를 걸려는 것이 아니다.
최선을 다하는 것은 좋지만 정신력은 무한하지 않다는 것이다.
우리의 응원문화 역시 한번쯤 생각해보자.
유치하지는 않았는지.
경박하지는 않았는지.

장마철이라 간간이 내린 소나기가 가뜩이나 평탄치 못한
비포장 산길을 울퉁불퉁하게 만들어서
승합차 안의 내용물을 뒤섞이게 만들고
운전하면서 늘 벗이 되어 주는 라디오는
좁은 산길에 늘어진 나뭇가지에 걸려 안테나가 부러져서
직직거리는 파열음과 함께 소음만 유발하고
갈수기라 까맣게 내려다보이는 수면은
떨어지는 빗방울에 파장이 일어나 잘게 부서지는 느낌을 주고
동량을 지나 충주호리조트를 거치면서 시작되는 비포장도로는
오산리를 지나 부산리까지 이어지고 항상 찾을 때마다
옛 추억과 함께 아련한 향수를 느끼게 한다.
도로포장 계획은 있으나 예산문제로 언제 시작될지 모른다는데
이곳만이라도 내 생전에는 이 모습 이대로

오프로드로 남았으면 좋겠다.

구절양장 같은 산길,
한 모퉁이를 돌아서니 고라니 한 마리가 차 앞을 가로질러
숲 속으로 사라진다.
밤에 낚시를 하다보면 멧돼지가 떼를 지어 나타나고
계곡을 가로질러 충주호 맑고 맑은 물속에서 헤엄을 친다더니
오산리 낚시터 주인장의 얘기가 허풍은 아닌 것 같다.
돼지도 헤엄을 잘 친다니 믿기지 않지만
야생동물이 지천인 것만은 분명하다.
약 15km의 비포장도로 중 절반 정도에
목표로 했던 오산리가 있다.
예전에는 서너 집이 이곳에서 각자 낚시터를 바탕으로
영업을 했지만 사 년 전 낚시에 빠져버린 박 씨 성을 가진 위인이
이곳으로 삶의 터전을 옮기고 이제는 모두 접수하여 유일하게 혼자서
오산리 지킴이 노릇을 하고 있고
이제는 전설이 되어버린 충주호 붕어낚시 대신
지천으로 널려있는 강 둔치 낚시터로 그 명성을 날리고 있다.

낚시가 이제는 생활 속에 제자리를 잡아가고 있는 것은
낚시인들의 노력의 결과이기도 하고
낚시 자체의 매력이기도 하지만
잡지나 방송의 역할이나 영향이 지대했다.

전문 방송이 아닌 공중파에서 가끔 비중 있게 다루어 준다면
최고의 국민 레저로 자리 매김할 수 있는 것이 낚시이고
역사적으로나 실력으로도
세계 최고가 될 수 있는 것이 낚시인데
공중파 쪽에선 잘 다뤄주지 않아 불만이다.
여름 특집으로 서너 가지 낚시를 묶어 방송한다 해서
시원한 풍경과 함께 멋있는 그림을 만들어 보겠다고
MBC 촬영 팀과 선택한 곳이 바로 오산리 좌대 강 둔치 낚시이다.

주인 내외가 서울을 떠나 이곳에서
지난 사 년간 어떤 일을 했는지는 주변을 살펴보면
한눈에 알 수 있다.
현대식 살림집에,
주변에 널려있던 비닐하우스 움막집을 모두 철거하고
풋풋한 채소를 심어 놓은 모습이나
느티나무 그늘에 만들어 놓은 평상 등이
그동안의 수고를 짐작케 한다.
햇볕에 그을리고 험한 산간 생활에 약간은 지쳐 보이지만
얼굴 가득한 온화함은 자연 속에 동화된 모습으로
우리에게 평온함을 안겨준다.
낚시가 좋아 낚시터를 섭렵하다
이곳이 마음에 들어 종래는 이곳에 터를 잡은
주인장의 집념도 놀랍지만

고운 얼굴에 편한 도시생활을 접고 기꺼이 따라나선
안주인도 참으로 대단하다.
남편이 낚시에 미쳐 다닐 때 집에 있던 냄비가 없어졌는데
이곳으로 내려오니 잃어버린 냄비를 찾았다며
박장대소하는 우리에게
잃어버린 냄비를 찾았으니
이사 온 보람이 있다며 빙긋이 웃는다.

삶에 지치고 현실이 어려우면 곧잘 하는 말이 있다.
안 되면 시골에 가 농사나 짓는다고,
허나 어디 그게 쉬운 일인가.
오산리 주인 내외에게 넌지시
이곳에 오니 무엇이 좋으냐고 물어보니
'자연을 상대하니 몸은 고달파도 일한 만큼 돌려주고
자연과 상대하니 유치하지 아니하고
자연을 상대하니 경박하지 않아서 좋습니다.
낚시 또한 자연과 하나 됨이니 과정조차 즐겁고
한때는 붕어와 사생결단하듯이 전투적으로 빠졌지만
즐기는 것을 알아야 결과도 좋습니다.'

낚시든 축구든 즐거움을 알기 위해 노력하면
최고가 될 수 있다며
낚시인의 저녁거리를 들고

여전히 내리는 장맛비를 맞으며
어둠이 감싸 도는 선착장을 향해 골짜기를 내려간다.

소중함과 행복

세상에서 가장 소중한 것이 무엇일까?

자기의 처한 입장이나 상황, 위치에 따라

그것은 물질일 수도 있고 명예나 돈일 수도 있다.

하지만 무엇을 소중하게 생각하고 소유하기를 희망하는 것도

결국은 자기 자신을 위한 것이고

평생을 우리는 그것을 찾으려 노력한다.

세상에서 가장 소중한 것!

그것을 찾으려 방황한 날들이 얼마인지 모른다.

종래는 그것을 찾았는데 그것은 바로 내 자신이었다.

최첨단의 문명의 이기나 영롱하고 값진 보석도

결국은 나를 충족시키기 위한

하나의 보조수단이다.

낚시에 미쳐 첩첩산중의 소류지로,
가도 가도 끝나지 않는 물줄기를 따라
갈대 우거진 수로를 헤매고,
주의보에 발이 묶여 아무도 살지 않는 무인도에서
오도 가도 못하고 하늘만 쳐다보며 하늘의 뜻만 헤아리던
그 많은 날들.
낚시라면 장르나 어종 가리지 않고 무모하다 싶게
맹목적이고 저돌적으로 대시하며
본격적으로 전국을 나그네처럼 떠돈 세월이
강산이 네 번 변하고도 남을 세월이다 보니
마음 한구석의 자책과 지난 세월의 안타까움이 누구보다도 크다.
장비나 채비의 변변함이나
전국을 떠돌며 자연 속에 묻히는 것도 문제지만
가장으로서 가족의 생계와
어린 딸과 아들의 미래에 대한 걱정이나 염려가
가장 크게 가슴속에 자리 잡고
늘 그것은 묵직한 짓눌림으로 나를 옥죄었다.

내 자신을 괴롭히는 것은 비단 그뿐만이 아니었다.
누구든 꿈이 있고 미래에 대한 포부가 있는데
이렇게 하루하루를 무의미하게 살아야 하는지,

아랫배 단전에서 올라오는 뜨거운 기운을
가슴에서 억제하지 못하면
머리끝에서 폭발하고 말 것 같은 절박함을 느끼지만
막상 현실로 돌아오려면 그저 막막함밖에 없었다.
한마디로 다시 시작할 여력도 없었을 뿐 아니라
의지도 되살리기 힘들었다.
너무 일찍 세상 무서운지 모르고 날뛰다가 나락에 떨어지니
처음엔 엄두가 나지 않아 현실을 도피하기 위해 뒷전으로 숨었고
종래는 낚시 인생으로 굳어져 버렸다.

낚시터에서 만나는 낚시인 중에,
사회적으로 왕성하게 활동해야 할 젊은 친구들이 자랑스럽게
'난 거의 매일을 물가에서 산다'는 소리를 할 때면 안타까움이 든다.
아직은 순수한 낚시인이 직업적으로 안정되게
낚시에 전념할 수 있는 여건이 조성되지 않은 상황이라
조구업에 종사하는 입장이 아니면서
직업도 없이 물가를 배회하는 그들의 미래를
상상하기란 그리 어려운 일이 아니다.
다는 아니지만 아직도 우리 주위에는
현실도피성 낚시의 연장선상에 있는
젊은 낚시인들이 많이 있다.
가정에서도 어느 정도 포기 상태고
본인 스스로도 가장으로 역할을 다하기는 이미 힘들다.

놀고 먹고 살아도 끼니 걱정 안 하고 살 정도의
능력 있는 부모를 둔 경우나
어느 날 로또 대박에 돈 벼락을 맞았다면 모를까
경제적인 활동에 전념하지 않으면서
취미에 빠져 산다는 건, 그 미래는 자명한 일이다.

가끔 조구업체로부터 사람 소개 의뢰를 받곤 한다.
다른 분야처럼 회사의 상품을 홍보하거나
신제품 테스트 등을 하기 위해
이론과 실전을 겸비한 유능한 낚시인을
프로스탭이나 필드테스터로 활용하기 위해서다.
거기에 지식이나 인간미까지 겸비한 낚시인이라면
금상첨화 아니겠는가.
헌데 세상에 사람을 소개하는 것처럼 어려운 일이 또 있을까?
해서 결과적으로 두 가지 요건을 제시하고
그 요건에 충족된 사람을 찾으라고 충고한다.
하나는 확고한 직업을 갖고 있으면서
최소한 타인에게 경제적 부담을 주지 않고
작으나마 베풀 수 있으면 더욱 좋고
스스로 해결할 수 있는 경제적인 능력.
둘째는 가족의 이해 속에
웃으며 취미로 낚시에 전념할 수 있는 화목한 가정.
가정과 직장에 충실하는 자는

결코 자기의 소속 집단에 해를 끼치지 않는다.

하지만 이런 조건이 갖춰진 낚시인들은
쉽게 조건에 응하지 않는다.
정열을 바쳐 일하는 일터가 있고
사랑하는 가족과 취미로써의 낚시가 있어
별로 아쉬움을 느끼지 않는데
반대급부가 그리 크지도 않고 크게 명예로울 것도 없는데
굳이 조그만 조건에 제약을 받아가며
취미생활을 할 까닭이 없기 때문이다.
주위에 그런 사람이 있다면 삼국지를 세 번 읽어보고
유비가 제갈량 모셔 오듯이
혼신의 힘을 다하라고 농담 삼아 얘기하지만 분명 진심이다.

혹 우리는 자신을 너무 과소평가하지는 않는지 모르겠다.
사업의 실패나 가정의 파탄으로
스스로 생을 포기하는 사람들이야 논외로 하고
내일의 희망이나 비전조차 팽개치고
되는대로 살지는 않는지 돌아보자.
자신을 소중히 알고 자신에게 충실하면
규칙적으로 지루하게 반복되는 일상에서도
얼마든지 작은 행복을 맛볼 수 있다.
다른 사람들의 행복의 기준이 무엇인지 모르지만

언제부터인가 난 행복을 느끼며 산다.
열거하라면 내세울 것도 없다.
그것이 무엇인가 곰곰 생각해보니
굳이 꼽으라면 가장 기본이면서 사소한 것이다.

그 오랜 세월을 어려움 속에서
궁상맞지 않게 가정을 꿋꿋이 지켜온 아내가 있어 행복하고
부족한 환경과 여건에서
밝고 건강하게 성인이 되어 사회생활을 시작한
딸과 아들의 풋풋한 미소와
가정을 꾸리고 자신만의 영역을 가질 나이에도
밤새 조잘대며 아빠를 저들의 대화에 끼워주는,
이젠 자식에게 배려를 받는 것이 행복하다.
가장 중요한 것은,
낚시인이라고 자부심을 갖고 낚시에 전념하게 해 주는
가족의 배려이다.

남들은 제쳐두고 가족에게만이라도 인정받고
내가 하는 일에 든든한 후원자가 될 수 있었던 것은
내 자신을 소중히 알고 내 자신에 충실한 것뿐이었다.

동전을 돼지 저금통에 일 년간 모으면
온 가족의 넉넉한 한 번의 여행경비가 된다.

그것은 또 다른 재미요, 그것 또한 우리 가족의 하나의 행복이다

어쩌다 집에 있는 날 아내가 차를 타면 환호성을 지른다.

이틀이 멀다 하고 전국을 다니다 보니

통행료가 장난이 아니고 백 원, 오백 원 동전이

차 안에 한 주먹 있고

그것을 챙기는 아내의 얼굴은 그 순간 한없이 행복해 보인다.

며칠간 낚시터를 다니다 집에 가는 날,

차 안에 동전이 없는 날은 일삼아 동전을 바꾸어 놓는다.

아내의 작은 환호성에 나도 덩달아 행복해지기 때문이다.

가치로 따지면 하찮은 잔돈이지만

목적이 있기에 그 과정이 즐거운 것이다.

가족의 환한 얼굴은 나의 행복이자

내 자신을 소중하게 하는 원천이고

사전 연락이 없어도 스스럼없이 맞아주는

전국의 수많은 낚시 친구들이 바로 내 자신과 더불어

소중한 자산이자 행복의 근원이다.

낚시 그리고 가족

어디선가 바람결에 흘리듯 들리는 환청.
"아~빠~아~."
분명 딸아이의 목소리가 분명한데
혼자 이곳에 올 수도 없을 뿐만 아니라
사위에 어둠이 내리는 늦가을
이 시간이면 차편도 없고 되돌아가기도 어려워
오리라고는 꿈에도 생각지 못하는데
또다시 메아리처럼 또렷하게 들리는
딸과 아들의 목소리.
"아~빠."
고개를 돌려 온 신경을 곧추세우고 서치하니

어둑어둑한 저편에 눈에 들어오는 실루엣은
분명 우리 가족이었다.
아내와 초등학교 5학년인 딸아이,
그리고 연년생인 4학년 아들 녀석.
각자 한손에는 손전등을 들고
다른 손에는 산길을 넘어오면서 숲에서 챙긴,
딴에는 무서움도 억누르고
유사시에 사용하려는 목적으로 몽둥이라 생각했겠지만
아궁이에 불 지펴 땔 때 부지깽이로 쓰면 딱 알맞을
그런 나뭇가지 하나씩을 들고 있었다.

영동고속도로 문막 요금소를 나와
원주 쪽으로 가다 보면 섬강이 흐르는 유원지가 있다.
이곳이 바로 간현 유원지이고
간현 철도역 앞에서 큰 고개 두 개를 넘어가면
진방골이 있는데
건너편은 암벽으로 이루어진 절벽이고
일부 자갈과 모래톱으로 이루어진
강 낚시가 잘되는 그런 곳이고
특히 서리가 내리는 늦가을까지도
밤낚시에 월척급 붕어와 지느러미가 단풍처럼 붉게 물든
잉어의 손맛에 날 새는 줄 모르는 그런 곳이다.
헌데 문제는 접근하기가 용이치 않았다.

사륜구동 아니면 고갯길을 넘기도 힘들지만
설사 사륜구동이라도 운전이 익숙하지 않으면
고갯길이 어찌나 좁고 가파른지
용기를 내기가 쉽지 않은 곳이었다.
더더구나 밤에 걸어서 그곳에 접근한다는 것은
불가피한 사정이 있는 불가항력인 경우면 몰라도
엄두도 낼 수 없는 곳이었다.
다행이 간현 역 앞의 낚시가게에서
농촌용 다목적트럭(아마 세렉스였을 것이다)으로
소정의 수고비를 받고 낚시인들을 실어주는데
그것도 낮에만 가능한 일이다.

문막 무당소에서 밤낚시를 하는데
옆 사람에게 과시 반 자랑 반 열변을 토하는
어느 낚시인의 허풍을 엿듣고
결국은 발길이 그곳으로 향하면서
삼 일만 있으리라 작정한 조행이
계획한 일정의 두 배를 넘기게 되었다.
사실 귀가 얇은 것이 낚시인이고
나 역시 예외가 아닌지라 새로운 정보를 얻었으니
어찌 그냥 있을 수 있겠는가.
차량을 선택할 때 고려사항 일 순위가 낚시이기 때문에
진즉부터 사륜구동형 차량이라

접근하는 거야 문제도 안 되고
취사도구와 식량과 반찬거리도 준비했으니
소위 말하는 비밀낚시터의 월척급 붕어에 대한
기대감으로 달려가 엿새가 지난 것이다.
일정을 넘겼다면 결과는 뻔하지 않겠는가.
오지 않는 가장에 대한 기다림과 걱정을 알면서도
하루만 더 하루만 더 뭉기적거리며
낚싯대를 접지 못하는 것은
기대 이상의 결과가 있었기 때문이다.

한 가지 흠이라면
차량 진입이 가능한 이쪽 편은
잔자갈이 깔린 밋밋한 모래바닥이라
건너편 절벽 밑으로 건너가야 하기 때문에
고무보트가 있어야 하는데
사실 그것은 별로 어려운 일이 아니다.
유원지에서 여름에 아이들 물놀이에 쓰는 비닐보트면
물살이 세지 않고 강폭이 적어
낚시가방을 싣고 건너기에는 무리가 없기 때문에
쉽게 해결되었다.
지금도 가끔은 그때의 향수에 젖어
언제 한번 해보리라 다짐을 하지만
여건이 맞지 않아 해보지 못했는데

그곳에서의 낚시는 나름대로 방법이 있다.
낚싯대는 3.0, 3.5 두 대.
앞 뒤 받침대와 케브라 합사 두 바늘 채비,
찌는 사용하지 않고 줄잡이용 캐미컬 라이트에
물이 흐르는 상류에 짧은 낚싯대,
하류 쪽에 긴대를 편성하고
낚싯대에 약 일 미터 정도의 뒷줄을 매달아
붕어나 잉어가 입질을 하면
낚싯대가 덜커덕하면서 뒤 받침대에서 떨어지게 된다.
뒷줄이 달려있으니 여유를 갖고 낚싯대를 세우면 되는
굳이 이름을 붙인다면 덜커덕 낚시이다.
그 덜커덕 낚시가 지금의 내림낚시 이론을 정립하는 데
최초로 내게 화두를 던져주었고
자연스럽게 중층낚시와 함께
새로움을 일깨우는 계기였다.

근래에는 대물미끼로
새우나 옥수수, 콩 등을 많이 사용하는데
그 당시 그곳에서는 삶은 감자가
월척급 이상의 붕어와 잉어를 낚는 데 최상의 미끼였다.
작은 깍두기 정도로 잘라
감성돔 4호 바늘 정도에 끼워놓으면
붕어는 거의가 월척이요,

아니면 잉어가 화끈한 손맛을 안겨주었다.
새우나 지렁이 등은
강계에 서식하는 잡고기의 성화에 성가시고,
떡밥 역시 밤새 설치는 돌고기나 갈견이,
모래무지, 마자 등살에 속수무책이라
감자야말로 성화도 피하고
씨알선별력까지 있으니
낚시도 편하고 일석삼조 이상의 미끼였다.
헌데 감자도 종류와 삶는 방법에 따라 많은 차이가 난다.
품종으로는 남작이 최고다.
삶아서 껍질을 문지르면 하얗게 분이 많이 일어나는 것이
특징이고 부드럽고 포근포근해서
사람이 먹기에도 가장 맛이 있는 품종이다.

그런 낚시에 빠져 집과 가족은 마음에 있으되
하루 이틀도 아니고 일정이 두 배가 지나도록
낚싯대를 걷지 못하고, 낮 시간을 이용해 간현에 나가
공중전화라도 한 통 했으면
온 가족이 원주까지 시외버스를 타고
1시간 이상을 걸어서 고개 두 개를 넘어
혹 내가 없으면 되돌아갈 걱정까지 해가며
그 험한 곳을 찾아오게 하지 않았을 것을 생각하니
자책감이 들면서 울컥 목이 메는 것이었다.

이게 바로 사랑스런 나의 가족이고
내가 존재하는 건 바로 가족이란 힘이구나!
자책감과 미안함에 모닥불을 피워놓고
밤새 수많은 이야기를 나누었다.
가족의 사랑을 느꼈던 그때 딸아이가
이제 이십 대 후반이니 십육 년 전,
내 자신이 사십이 되기 전이고
그때부터 난 어디에 있든, 어떤 상황이든
하루에 두 번 이상은 꼭 집에 연락을 하리라 다짐했고
지금까지 禁酒(금주)와 더불어
내 자신이나 가족에게 꼭 지켜오고 있다.

다니던 직장도 사직하고
더 늦기 전에 공부를 하겠다며
일 년 전 미국으로 훌쩍 떠난 딸아이가 전화를 걸어와,
비자도 면제되니 올 여름 켈리포니아에 오면 어떻겠냐는 제의에
쉽지 않을 거니 큰 기대를 갖지 마라 했지만
어둠이 내리는 진방골에 "아~빠" 하며
찾아왔던 가족처럼,
학업에 아르바이트에 지쳤을
사랑하는 딸에게 살며시 다가가
환청이듯 속삭이는 목소리로
"사랑하는 나에 딸아" 나직이 부르며

가슴속 깊이 지고 있던 빚을 털어내며

가족 사랑과 가족이란 위대한 힘을 일깨워 주고 싶다.

낚시인들만큼 많은 꿈을 꾸는 사람들이 있을까?

2장

사는 맛을 느끼고 사는 의미를 깨닫다

낚시가 맺어 준 인연

다소 차이는 있지만 탑정이 저수지
(내 고향에서는 굳이 논산지를 이렇게 부른다.)는
구정이 지나고 나면
동상골이나 신풍리, 산노리 왕성골에
낚시인이 나타나기 시작해서
삼일절을 중심으로 해마다 본격적인 낚시가 이루어진다.
부여의 반산지와 더불어 가장 먼저 낚시를 할 수 있어
낚시인으로 좋은 낚시터가 있는 곳이 고향이라는
뿌듯한 자부심이 있고,
십여 년 전 내 생애 처음이자
아직까지도 최대 어인 사짜 붕어를 낚은 곳이

탑정이 저수지이고 그런 정겨움이 있는 곳에서
그와는 처음 만났다.

생전에 어머니는 낚시하는 것을 별로 좋아하지 않으셨지만,
60~70년대 시골 생활이 누구나 다 그러했듯이
장남이자 어려서부터 객지에서 혼자 생활한 아들에게 미안해서인지
당신이 돌아가시는 그날까지도
"이 녀석아"라는 말조차 한번 한 적이 없으신 분이
꼭 한 차례, 탑정이 저수지에서
46cm의 대물 붕어를 낚아서 집에 가지고 가
어탁을 뜰까?
박제를 할까? 난리를 치니까,
"영물이다. 니 넥끼질 하는 거 내 뭐라 한적 없지만
그것만은 잡은 그곳에다 살려 주거라." 하실 때
난 그 말씀을 거역할 수 없어 망설임 끝에 방류한 곳이,
왕성골에서 어느 문중인지는 모르지만
제각을 지나 과수원 사잇길로 들어가면
윗 조정리로 들어가는 언덕길이 시작되는 곳에 빈집이 있고,
집 뒤로 돌아가면 바로 손바닥만 한 논배미가 나오고
논둑에 접한 탑정이 상류 웅덩이였다.
말이 웅덩이지 물이 차면 저수지와 연결되고
물이 빠지면 둑 하나를 사이에 두고
구절양장 같은 수로로 연결되는 그런 곳이다.

그 후, 난 그곳을 사짜 못이라 불렀고
어머니가 그리우면 멀지 않은 어머니 산소에 들렀다가
꼭 그곳을 찾는 묘한 습성이 생겼다.
겨울도 아니고 봄도 아닌 삼 년 전 2월 중순,
어머님이 돌아가신 후 혼자 지내시던 아버님이
일산의 둘째네로 가계시고,
비어있는 시골집을 돌아서 구정에 성묘를 하지 못해
어머니 산소에 들렀다가
평소의 습관대로 붕어를 방류했던 그곳을 찾았다.

빈집 앞까지 다가가자
고급 승용차가 한 대 서 있는데 앞의 번호판이 없었다.
뒤쪽을 보니 서울 번호판이 붙어 있는데
차는 고급이지만 뽀얀 흙먼지를 뒤집어 쓴 모습으로 보아
꽤나 많은 날들을 야전에서 세차도 하지 않고 다니다가
누가 이곳에 인적이 뜸하니까 버린 모양이라고 생각하고
모퉁이를 도니까 낚시인 둘이 앉아 있었다.

가까이 가보니 한 쌍의 남녀였다.
꽤나 수려한 용모의 남녀였고 옷차림이나 분위기가
상류사회의 기품이 보이는 40 중후반쯤 되어 보이는 나이였다.
분명 그 차는 그들이 타고 왔을 터,
번호판이 없는 것이 이상했지만

그보다도 그들의 낚시는 더더구나 이상했다.
낚싯대 하나를 펴고 둘이 앉아있는데
바닥에는 차 안에서 가져온 듯한 방석을 깔고
옆에는 살림망을 담가 놓았는데
많이 낚았는지 물밖에 나와 있는 살림망이
부들부들 떠는 것처럼 움직이고,
옆에서 담배 한 대를 다 태우도록
그들은 흘낏 한번 바라본 외에는
아무런 움직임이나 말이 없었다.

"손맛 좀 보셨습니까? 고기 구경 좀 하겠습니다"
망을 들어 본 나는 깜짝 놀라고 말았다.
망에는 단 한 마리의 붕어가 들어있는데
어찌 그리 예전에 내가 낚았다 방류한 붕어와
크기와 모양이 똑같은지 모골이 송연해지고
아찔한 현기증이 도는 것이었다.
같은 지역에 서식하는 붕어이고
이곳은 서식환경이 좋아 유난히 체고가 높고 영양상태가
좋은 까닭이겠지만 적어도 그 순간은 나에게 그렇게 보였다.

설마 그때의 그 붕어는 아니겠지만
갑자기 이유 모를 적개심이 들고
괜히 밸이 뒤틀리는 것을 간파했는지 남자가 말했다.

"빨리 물에 담그시던지 아니면 풀어주쇼,
날씨도 찬데 붕어가 불쌍합니다."

그것을 인연으로 그와는 그렇게 만났다.
똑같은 취미와 대물붕어로 인연이 맺어진 그는
그 이후 나의 정신적인 스승이자 둘도 없는 벗이 되었다.
살던 가락은 있어서 승용차는 고급이지만
세금 미납으로 번호판까지 영치당한
그의 마음이 어떠했는지 짐작이 간다.

오늘 난 그에게 어김없이 한 통의 편지를 받았다.
약 한 달에 한 번, 일 년에 열 번 전후로 꼭 편지를 받는다.
처음엔 답장을 해야지 하다가
미처 글을 보내지 못하고 전화로 안부나 묻곤 했지만
나 역시 이제는 꼭 글로 답장을 보낸다.
그러길 벌써 삼 년이 흘렀다.

전화를 하거나 메일을 보내도 되련만 그는 꼭 편지를 쓴다.
오직 일밖에 모르고 열심히 살았지만
본인의 의지와는 관계없이 하루아침에 모든 것을 잃어버린
그의 고통이 짐작이 가고
산다는 의미조차도 무의미한 상태에서도
무의식적인 낚시 행위로 인해 우리는 만났고,

그의 과정과 행위가 불과 십여 년 전 내 모습과
어찌 그리 닮았는지 동병상련의 진한 감정의 교류를 느끼고
그 추운 이른 봄, 밤낚시가 되지 않는 시절에
한밤을 꼬박 새우며
딴에는 용기를 주고 격려를 한다고 중언부언 지껄이니까
차가운 새벽 한기만큼이나 냉랭한 어조로
"좌절하거나 쓰러지지 않을 테니 염려하시지 않아도 좋습니다.
맨손으로 소위 말하는 자수성가했고 다시 원점에 온 것뿐이고
그나마 낚시라는 취미가 있어 당신을 만났고,
오늘 난 새로운 것을 알았습니다.
붕어를 낚은 건 나지만
붕어나 내 자신이나 처지가 같다는 것을 알았습니다.
살아있으되 내 의지대로 할 수 없고
생사여탈권이 붕어나 나나 다른 곳에 있다는 것을…."

지금은 조그만 시골 마을에서 조용히 낚시를 하며
짬짬이 찌도 만들고
마음의 안정을 찾아가고 있는 그의 오늘 편지의 내용은,
과정이야 다르지만 힘들고 어려웠던 과거를 모두 털어버리고
새로운 목표를 설정해 낚시터나 낚시 행사장에
하루가 짧다 하고 정신없이 다니는 나의 열정이 부럽고,
무엇인가 최선을 다할 수 있는 일이 있다는 것이
한없이 아름답다는 격려였다.

그의 편지는 요즘에 와서는 거꾸로 나에게 많은 힘을 준다.
때론 힘들고 무엇 때문에 내가 이래야 되는지
자문해 보기도 하고,
근거 없는 악성루머나 구설수에 시달리고,
아무런 이유 없이
견해나 추구하는 목적이나 가는 방향이 다르다 하여
비뚤어진 안티 세력 앞에 의욕이 꺾이기도 하지만,
다른 건 차치하고라도
그를 실망시키지 않기 위해서라도 멈출 수는 없다.

세상을 살다 보면 참으로 많은 어려움이 있고
그 어려움을 이겨내기 또한 쉬운 일이 아니다.
이해관계를 달리하는 사람이나 단체의 경우에는
상호 신뢰와 상대를 배려하는 마음이 무엇보다 중요하다.
우연찮은 기회의 짧은 만남에도 인생이 바뀔 수 있고,
조그만 사고의 전환에도 획기적인 변화를 이룰 수 있다.

취미로 낚시를 한다 하지만
낚시에 빠진 많은 낚시인들은 참으로 많은 사연이 있다.
건강에 관한 것도 있고,
가슴 아픈 가정사도 있고,
뼈아픈 사업에 관한 것도 있다.
그들이 낚시를 하는 것은 현실도피의 부정적인 면도 있지만

그 근본은 우리가 평소에 느끼지 못하는
자연으로의 회귀일지도 모른다.
오늘 나 역시 그에게 장문의 글을 보내련다.
바쁘다는 핑계로 미뤄왔던 얘기들을 모두 하련다.

탑정이 사짜 연못(?),
그와 만났든 삼 년 전 그 자리에서
하루빨리 나란히 앉아 낚싯대를 드리우고 싶다.

앉은 자리 깨끗하면
그게 바로 정도낚시

떡밥 몇 봉지 덜 팔아도 조용께 붕어 잡는다고
외지 낚시인들 안 왔으면 좋겠슈.
동네 길 죄 막아놓고, 논두렁에 심어 놓은 콩 짓 데기 쳐놓고,
쓰레기란 쓰레기는 보물찾기 하듯이
풀 속에 꼭꼭 감춰 두고 정말 환장하겠슈.
그뿐이유?
저수지에 가장 가까이 있는 낚시점이니
물건은 물론 조금은 더 팔지만
쓰레기 치우는 일이 장난이 아뉴.
목구멍이 포도청이라 장사를 때려치울 수도 없고,
참자니 욱하는 승질 죽이느라

스텐레슨가 스트레슨가 쌓여서 못 살겠슈.

데부뚝 및 논 주인들의 따가운 눈총은 또 어떻구요,
지가 시킨 것도 아닌디 논두렁 뭉갠다고
일부러 나 들으라고 디럽다 낚시꾼들 욕을 해대는디
슬금슬금 뒷걸음질 쳐 도망 왔슈.
그렇다고 그들이 모르는 사이도 아니고
아무리 지방도시가 발전했다고 혀도
이웃집 숟가락이 몇 개인지 뻔히 아는 사인디
지가 있는디서 낚시꾼 어쩌고 저쩌고 하는 것은
지 들으라고 그러는 것 아니겄슈?

지금은 그래도 소분지유.
벼이삭이라도 패게 되면 워치케 해야 할지
지금부터 걱정이라니께유.
그래도 그건 좀 나은지도 몰라유.
그건 나중 일이고 우선 당장은
지발 쓰레기를 한곳에 모아 놓고만 가도 괜찮겠슈.
가져간다는 것은 언감생심 꿈도 못 꾸쥬.
쓰레기가 널려 있응게 그것 한 가지만 가지고도
트집이 충분하잖우.

그나저나 지가 살고 있는 이곳이

민물, 바다 천혜의 조건을 갖춘 지역이고
일찍이 왕래하는 낚시인들이 많아 낚시점을 하게 됐는디유,
요즘은 맘이 편치 못 해유.
갑자기 떡붕어 중층낚시가 활기를 띄니께
솔직히 장사하는 입장에서 쏠쏠한 재미는 있당게유.
근디 워치케 소문이 빠른지 전국에 한 중층한다는
낚시꾼들이 몰려 오는디 겁나데유.
인터넷에, 방송에, 잡지에 소개가 되니께
문의 전화가 오는디 엄청 나드만유.
솔직히 소문 안 내고 지역 낚시인을 상대로
우리끼리만 재미 보려고 했는디
잘못된 것을 다 덤터기 쓰니까 되게 억울하다니께유.

그리고 참 이상하고 잘못된 것이 있슈.
순간의 실수인지, 아니면 낚시꾼들의 현주소인지 모르지만
그래도 정보를 듣고 떼 지어 찾아오는
낚시꾼들의 복장이나 장비를 보면 비까번쩍하고
붕어도 엄청 잘 잡는디 다 그런 것은 아니지만
그들이 떠난 자리는 목불인견이라니께유.
뭐겠슈? 바로 쓰레기지유.
이름 석 자가 낚시잡지나 방송, 온라인상에 오르내리는
유명한 사람들이 오니께 괜히 부럽고
그들이 낚시하는 것을 보려고 촌동네 사람들이 구경도 가는디

지발 깨끗이 했으면 얼마나 좋겠슈.
명성에 걸맞게 낚시 외적인 매너도 갖추면 엄청 멋있을 거구만요.
누구든지 흔적 없이 왔다 가면 환영한다니께유.
지발 깨끗이 좀 해줘요.
육두문자가 나오려고 한다니께유.
그렇지 않은 분들에게 누가 될까 봐
머리 쥐어짜서 과격한 표현 신경 써서
딴에는 멋있게 한다고 현수막 해서 걸었는디
효과 있을랑가 모르겄슈.

이 프로님도 떡치러 오셨쥬. 이따 확인할규.
지가 이제까지 이렇게 하소연 했는디
떠나고 난 자리에 흔적이 남았다면
낚시인도 아니고 막말로 사람도 아녀유.
방송에, 잡지에 기법이 어떻고 낚시터가 어떻고 떠들지 말고
매너부터 가르쳐유.
괜시리 낚시 좀 한다고 폼 잡고 목에 힘주다가
망신당하는 사람 여럿 봤슈.
뻣뻣한 그 목 부러지기 전에 애당초 조심허슈.
붕어 잘 잡는 것이야 전문적인 어부가 최고 아니우.
우리가 원하는 낚시계 스타는 어부가 아니고
낚시문화를 선도하는 전문가가 아니겄슈.
딴생각했었다면 지금이래도 궤도 수정하는 게 좋을 꺼구만요.

그 나이에 스타 되면 뭐 하겄슈.
필요한 게 있으면 지가 팍팍 밀어드릴팅게 힘 좀 써봐유.

무려 몇 시간에 걸친 낚시점주의 하소연에
고개를 들 수가 없었다.
불과 얼마 전에 서산지역을 돌아봤을 때
그렇게 깨끗하던 낚시터가 오는 길에 들러보니
제방 전체가 쓰레기로 뒤덮여 있는 것이 아닌가!
입구에 한 낚시점에서 붙여놓은 현수막이
그렇게 애처로울 수가 없다.
불과 보름 사이에 저렇게 어질러질 수 있다는 것이
믿어지지가 않았다.
낚시인의 한사람으로 무슨 말을 할 수 있단 말인가.
그것도 일주일에 한두 번씩 낚시점주나 행정관서에서
청소를 하는데도 저 정도 상황이니 가히 짐작이 가고도 남는다.
허긴 이런 상황이 어디 한두 번인가.
조용하고 깨끗한 내 고향에도 한 번만 소개되고 나면
두 번의 휴일이 지난 다음에는 초토화 되고 마는 경우를
익히 보아 왔지 않은가!

내 자신도 환경오염이나 자연훼손이 거론될 때마다
왜 낚시인들이 주범이냐고 항변해 왔고,

몇 년 전 태풍 라마순이 왔을 때
진양호 삼분의 일을 뒤덮은 쓰레기를
낚시인들의 소행이라는 방송을 보고 방송국에 행정관서에
분명 낚시 금지 구역인데 저 쓰레기가 낚시인의 소행이면
행정관서의 담당 공무원들은 그동안 무엇하고 있었느냐.
평소에 낚시 금지 구역이면
올바른 관리가 이루어져야 하는 것 아니냐.
그렇다면 당신들도 직무유기죄를 져야 한다.
낚시인과 행락객은 당연히 구분돼야 하지 않느냐고
목소리를 높여 항의했는데….

불과 두 번째 만남이지만
통렬한 그 낚시점주의 지적과 하소연이 마음을 아프게 한다.
언제까지 이러한 지적이 계속되고 모든 사람들에게
난 낚시인이다 자랑스럽게 얘기할 수 있을까?
원론적이고 진부한 얘기지만 계몽은 지속되어야 한다.
오죽하면 낚시점을 나서는 나에게
쓰레기봉투를 손에 쥐어 주겠는가.
심기일전 우리 한번 해보자.
한 수의 월척을 위해 몇 밤도 투자하는
끈기의 낚시인이 아니더냐.
점주가 머리 짜내 만들어 붙여 놓은
서산 잠홍지 입구의 현수막의 글귀가 결코 헛되지 않게.

-앉은 자리 깨끗하면 그게 바로 정도낚시-

魚神(어신)의 교훈

사람은 누구나 꿈을 꾸며 산다.
어쩌면 꿈을 꾸기에 사는 것이 아니라
꿈이 있기에 사는 것인지도 모른다.
그중에서도 낚시인들만큼 많은 꿈을 꾸는 사람들이 있을까?
월척을 꿈꾸고 대박을 꿈꾼다.
월척의 꿈을 이루고 나면 사짜. 그다음은 오짜.
꿈뿐만이 아니고 어느 땐 허황된 상상을 한다.
물속의 물고기가 있는 곳을 알고 물고기의 움직임을 느끼며
맨손으로라도 척척 잡아내는 신통력이 있으면 얼마나 좋을까
생각만 해도 행복한 미소가 절로 떠오른다.

섬진강을 끼고 도는 곡성의 어디쯤에 魚神(어신)이라는 어죽집이 있다.
상호에서 이미 느끼겠지만 물고기의 神(신)이라는 이야기고
낚시인들이 꿈으로만 꾸는 맨손으로 척척 잡아내는
신통력을 가진 사람이 운영하는 업소이다.
처음부터 魚神이라는 칭호를 얻은 것이 아니고
TV에 魚神이라는 타이틀로 소개가 되고 나서 사업적으로
연결시켜 성공한 것이다.
맨손으로 붕어, 잉어, 메기, 장어 등을
주문에 따라 척척 잡아내는 재주를 가졌으니
화제의 주인공이 되는 것은 당연하고
어죽 집 역시 문전성시를 이루고
2호점을 낼 정도로 번성하고 있다.

낚시를 하다 보면 제일 먼저 장비를 마련해서
채비를 익히게 되고 다음은 미끼를 선택하는 것이 기본이다.
그 다음은 현장, 물가에 나가
포인트를 보는 안목을 기르는 것이다.
결국 장비나 채비, 미끼는 기본이 제시되어 있어
쉽게 내 것으로 할 수 있지만
현장에서의 적응력은 많은 경험과 관록을 필요로 한다.
문제는 바로 이 부분이다.
세상에서 성공하는 것?
바로 그 분야에서 최고가 된 사람을 그대로 따라 하면 된다.

대통령이 되는 것?
대통령이 한 그대로 따라 하면 된다.
낚시를 잘하는 것?
고기를 잘 낚는 낚시인을 그대로 따라 하면 된다.
무작정 마냥 따라서 흉내를 낸다?

말도 안 되는 괴변이다.
하지만 우리네 낚시 현실은 그런 괴변을
정설이나 원칙론적인 낚시방법으로
정형화하는 데 문제가 있다.
한때 챔질이 정확해야 윗입술에 걸린다는 이론이 있었는가 하면
지금도 채비가 수직 입수돼야 정확한 어신 포착이 가능하다며
수시로 잡지에 방송에 열변을 토하는 낚시인들이 있다.
무엇을 기준으로 한 수직입수란 말인가.
지금 유행하고 있는 내림낚시의 기본 원리는
바다낚시나 견지, 루어, 플라이낚시의 원리와 같을 뿐만 아니라
흐르는 물에서 끝보기낚시로도 붕어를 척척 낚아내는데
어떻게 수직입수를 하란 말이며
끝보기낚시는 사선을 그리며 흘러가는 물속에서
대 끝까지 전해지는 시원한 입질 형태를 보이고
유료관리형 낚시터에서 맥낚으로도 입질을 파악하고
소위 목줄이 사선으로 누워있는 슬로프낚시는 무엇이란 말인가.
낚시를 하면서 어느 장르이건 전제되어야 하는 조건이 있다.

찌로 파악하든 감각으로 파악하든 전달해주는 매개
즉, 원줄의 긴장감이 있어야 한다는 것이다.
중요한 것은 기본을 제시하고 기본을 익히게 하는 방법이고
자기 것으로 소화하는 것이다.

魚神(어신)이라는 칭호와 함께
맨손으로도 원하는 대상어를 척척 낚아내는 비결은
첫째 소위 포인트를 보는 안목이다.
붕어를 잡아내기 위해서는
수초나 장애물이 있는 지형을 알아야 하고
메기를 잡아내기 위해서는 돌무더기가 쌓여있는
물속 지형을 찾는 것이 우선이다.
그 다음 대상어를 맨손으로 잡아서 내는 일은
그 사람의 경험과 관록에서 나오는 결과이다.
섬진강 강가에는 그런 감각을 가진 사람들이 여러 명 있다.
운 좋게 어신에 버금가는 실력을 갖고 있고
자기는 뱀장어만큼은 魚神(어신) 못지않게 잡아낼 수 있다는
젊은 친구를 만났다.
그 역시 섬진강가에 맛이나 명성이 魚神(어신) 어죽 집 못지않은
전문점을 목표로 하고 있고
봄이 되면 그 꿈을 이루기 위해 준비를 하고 있다.
맨손으로 잡는데 공통된 사항은
수온이 내려가는 겨울에 좋은 성적을 낸다는 것이다.

대상어의 활동이 둔해지고 은신처를 벗어나지 않고
몰려있기 때문이며
중요한 것은 결국은 자신의 능력이라는 것이다.
원칙이야 같지만 얼마나 자기 것으로 만드느냐가
관건이라는 이야기다.
맨손으로 물고기를 잡아내는 모습을 곁에서 바라보고 있노라면
나도 할 수 있을 것 같아 정작 물속에 들어가서
어쩌다 감각으로 한 마리쯤 손아귀에 걸렸다 싶어도
물 밖으로 들어내기가 쉽지 않다.
같은 물고기를 상대하는 것이나
어종에 따라 서식하는 장소를 파악하는 것은
그들이나 낚시인인 나나 같지만
접근하는 방식이 다르고 거기에 따라 감각적인 면도 다르다.
굳이 그 먼 곳까지 가서
그들의 신기에 가까운 고기잡이를 보며 감탄하는 것은
물고기를 마음먹은 대로 많이 잡는 것이 부럽고
魚神(어신)이라는 타이틀이 위대해서도 아니다.
그런 경지에 오른 그들의 정리된 이론 한마디쯤
들어보기 위해서였다.

"이론으로 정립하려 하지 마십시오,
그 순간 열배는 어려워집니다."
"물고기를 잡는 것은 낚시인 입장에서 느끼고 정리해 놓은

그 이상 그 이하도 아닙니다."
"인간이 위대한 것은 말을 하는 것이고
문자를 사용하는 것이지만
그것으로 인해 더욱 어렵게 되는 것입니다."

생계를 위해 고기를 잡아 사업으로 연결시키는 입장이지만
경쟁자적 입장에서 한 말은 분명 아니었다.
갖가지 이론을 만들어내며
낚시에 입문하려는 초보 낚시인들에게 혼란을 주는
낚시 현실을 꼬집어 말하는 것 같았다.
맞는 말이다.
문자가,
설익은 낚시 이론이,
낚시를 더 어렵게 하는 것은 아닐는지....

저 포도는 시다

"경기낚시가 도대체 무엇이고 무슨 스포츠이며
내림 중층낚시가 무엇이란 말이냐?"
"낚시는 자고로 정통(또는 전통)낚시가 제일이다."
"낚시의 프로? 낚시 잘해서 낚시로 먹고사는 사람 봤느냐."

잊을 만하면 슬그머니 화두가 제공되고
괜한 입씨름에 감정들이 상한다.
낚시를 전혀 모르는 사람들이 쥐뿔 알지도 못하면서
그냥 한마디 습관처럼 던진 말이라면 그나마 이해가 가겠는데
낚시가 최고이고 낚시가 취미라는 낚시인들이
자기가 행하는 기법 외에

다른 장르의 낚시는 있어서도 안 되고 낚시도 아니라며
침을 튀기며 열변을 토하고 갑론을박 격론을 벌이다
종래 감정까지 상하는 것이다.

낚시는 대개 곁에 가까이 있는 낚시인의 영향을 받아
입문하게 되며 주변 환경이나 여건, 처한 상황에 따라
낚시 대상이나 방법이 결정되고
조력이 쌓이면서 자기만의 독특한 방법이나
특이한 방식으로 변형된 노하우도 갖게 된다.
바다낚시도 갯바위 낚시를 하느냐,
배낚시를 하느냐에 따라서 다소의 차이는 있어도
내심 자기가 행하는 낚시가 최선이라는 생각이 있지만
드러내놓고 논쟁화하지는 않는다.
낚시를 하면서 하나의 과정으로 생각하기 때문이다.
갯바위 찌낚시도 반유동, 전유동, 전층조법, 잠길찌기법 등
다양한 기법이 그 장점과 효능을 앞세워 등장하고
그 다양성을 존중하며 인정한다.

바다낚시는 왜 정통이나 혹은 전통낚시를 고집하지 않을까?
예로부터 전해 내려온 낚시의 기법이 없어서도 아니다.
변화를 인정하고 효율성이나 방법이
현실에 맞으면 인정하기 때문이다.
유독 민물, 그것도 붕어낚시에 異論(이론)이 많다.

경기낚시가 무엇이냐?
약간의 억지(?)를 부린다면
시조회나 납회가 그 시초는 아닐는지.
낚시의 시작과 끝을 알리는 행사에
일정 시간을 정하고 크기를 재서
순위를 매겨 시상품을 주니 이것이 곧 경기낚시고,
낚시가 확고한 스포츠나 레포츠로 자리 잡아
틀이 이루어져 있는 것은 세계적인 추세이고
스포츠적인 요소로 더 발전될 것으로 예상되며
일정한 룰에 의한 검증, 곧 경기낚시는 지속될 것이다.

낚시는 정통, 전통낚시가 제일이다?
무엇이 올바른 낚시고 어떻게 하는 것이 우리 고유의 낚시인가?
자료나 기록에 의하면 가장 우리 것이
견지낚시라는 데에는 이견이 없다.
하지만 붕어낚시가 설도 많고 탈도 많다.
봉돌을 바닥에 안착시켜 부력과 침력이 균형을 이루는
정교한 찌맞춤을 해서 올라오는 입질에
중후한 찌 솟음을 만끽하며 즐기며 행하는 낚시가 주류를 이루고
언제부터인가 해 왔다 해서 그것이 곧
정통이나 전통이라 단정질 수 있을까?
나 역시 수십 년을 해 온 방법이고
지금도 하고 있고 앞으로도 할 것이다.

고서나 기록을 살펴보면 오히려 내림이나 중층의 원리가
외형상으론 더 옛것에 가깝다.
낚시의 본래의 목적이 물속의 대상어를 낚아 내는 데 있고,
낚는다는 의미로 본다면 효율적이고 결과가 좋은 방법을 찾아서
상황에 맞는 변화를 주다 보면 자연스럽게 주류를 이루게 되고
우리가 주로 행하는 바닥 낚시가 이런 과정을 거쳐
합리성을 갖추게 되고 우리의 주기법으로 자리를 잡은 것이고
우리 것화 된 것이지 낚싯대 두 대 또는 세 대 펼쳐놓고
찌 올라오기 기다리는 낚시가 꼭 우리 고유의
정통이나 전통이라고 단정 지어 말하는 것은
성급한 판단이 아닌지 모르겠다.
내림이건 중층이건 붕어 눈높이에 맞춰서 효율적으로
낚아내는 방법의 하나라 생각하고
자기만의 방법으로 즐기는 낚시를 찾으면 그 뿐이다.
내가 하지 않고 남들이 한다 하여 괜한 딴지를 걸 것이 아니라
또 다른 낚시의 재미로 한 번쯤 접해보는 것도
자신의 낚시에 확신을 갖는 방법이다.
낚시에 무슨 프로냐,
낚시로 먹고사는 사람 있느냐?
프로라는 정의가 꼭 돈을 받아야만 성립되는 것이 아닌데
물질만능 세상이라 그런지 꼭 돈을 결부시켜
앞장서서 자기 돈 써가며 없는 시간 쪼개서 미약하지만
낚시 활력에 앞장서고 있는 자들의 사기를 저하시킨다.

프로가 무엇인가?
사전적 의미의 첫 번째가
숙련된 사람으로 전문가를 칭하고
두 번째가 직업선수를 말하는데
왜 낚시의 프로는 앞에는 쏙 빼고
돈 벌어서 먹고사는 직업선수만 거론하는지 모르겠다.
낚시인이 아닌 낚시를 모르는 사람들의 의견이라면
한 귀로 듣고 다른 쪽으로 흘리면 그만이겠지만
그들도 낚시인이고 같이 가는 사람들이다.
낚시의 프로에 대해서 이견을 쏟아내는 자들이
낚시의 전문가 급 위치에 있다는 것이
못내 마음에 걸리는 것이다.
경기낚시나 즐기는 낚시나 장·단점이 있을 수 있고
부족하고 아쉬운 부분이 있을 수 있으며
우리의 정통이나 전통에 이견이 있어
각자의 의사를 표시할 수도 있다.
프로낚시인에 대한 논란은 앞으로도 계속될 것이지만
머지않아 확고한 인식의 전환도 이뤄지고
정착도 되리라 확신한다.

잊을 만하면 논란이 되풀이되면서
이솝우화의 여우와 포도 이야기가 떠오른다.
따먹지 못하니까 '저 포도는 시다'라고 단정해 버리는

여우의 어리석은 자의적인 판단이 낚시에도 적용된 건 아닐까?

직접 참여해 시도해 보지도 않으면서

저건 아니야. 저 포도는 시겠지?

종래는 저 포도는 시다.

귀찮은 빈대

내빈 소개, 국기에 대한 경례, 애국가 제창,
순국선열에 대한 묵념, 경과보고, 대회장 인사말,
축사, 격려사, 환영사, 대표 선서….
무슨 행사를 할 때 꼭 거치는 요식행위이다.
관주도의 행사는 이 과정에서 어느 한 부분이 빠져서도 안 되고
특히 노선이나 색깔, 성향이 틀린 단체에서
모두 참석하거나 정치적으로 이해관계가 다른 상황에서는
내빈이나 귀빈을 소개하는 순서나
앉아있는 좌석배치까지도 서열이 정해지고
축사나 격려사도 비율을 맞춰야 한다.

드디어 터졌다.

축구대회에 참가해서 새벽부터 예선경기를 하고 있는데
개회식을 한다고 잠시 경기를 중단시킨 것까지는 좋았는데
경기시간만큼 이어지는 요식행위에
종래 내빈들만 경기장에 남고 선수들은 보따리를 싸서
경기장을 떠나는 상황이 발생했다.
한편의 하이개그가 공중파에서 경쟁적으로 펼쳐지는
개그프로그램이 아닌 스포츠 경기장에서 벌어진 것이다
끝없이 이어지는 내빈소개에
언제부터 그리 지대한 관심이 있었다고
너도 나도 환영사에 격려사에 축사를 하다 보니
유난히 일교차도 크고 변덕스런 봄 기온에
격렬하게 경기를 하다 중단한 선수들은
보송보송 맺히기 시작한 땀방울이 으스스 한기로 바뀌고
주목적인 축구경기는 뒷전이고
축사를 하는 사람이 몇 번이 바뀌어도
하나도 새로울 것 없는 상투적인 이야기가 지속되니
오죽했으면 그 좋아하는 공을 축구장에 남겨놓고
"너희끼리 잘 놀아봐라 이 귀찮은 빈대들아."
선수들이 떠나겠는가.

형식과 틀만 강조하는 관료주의적인 사고는
비단 축구경기뿐만이 아니다.

낚시가 작지만 법적지위를 확보하고 있는 것이
국민생활체육이고 나 역시 수도권에서는 가장 먼저
낚시연합회 인준을 받아 몇 번의 대회를
직접 개최한 적이 있고 얼마 되지 않지만 예산을 받는데
이것 또한 집행과 결과보고가 장난이 아니다.
공무원 사회가 얼마나 부조리와 불합리가 있는지 모르고
철저한 관리와 집행으로 얼마나 투명하게
국민의 혈세를 관리하는지 모르지만
시장배라는 타이틀로 대회를 하려면
약 이천만 원의 예산이 필요한데
그중 고작 삼백을 지원하면서 전체적인 통제를 하려 한다.
삼백만 원은 TV광고나 포스터 제작비에도 모자란 금액이다.
지원받은 삼백만 원에 대한 지출 증빙자료는
홍보 영수증 하나로도 족한데 전체 지출서류를 요구하고
지출도 카드결제로만 요구하며 꽤나 번거롭고 귀찮게 한다.

이것뿐만 아니라 전국에서 장관, 시장, 도지사배 등
많은 대회가 열리는데 그 행사 진행 역시
선수들이 떠나버린 축구경기 못지않다.
주무관청의 수장의 스케줄에 따라
시상식 시간을 조정하는 것도 다반사요,
줄줄이 호명하는 내빈이나 귀빈,
특히 관 명칭을 딴 대회는 과장, 계장에 담당 직원까지

내빈에 귀빈에 대회임원 소개를 마치면
줄줄이 이어지는 축사, 격려사.
관 계통은 윗분 하나의 움직임에 공식으로 따라붙는
수행원 아닌 수행원들이 있다.
경찰서장이 뜨면 지구대장이 따라 붙어야 되고
도지사가 뜨면 군수가 떠야 되고
이런 면이야 조직의 위계질서상 윗분이 지역에 왔으니
당연히 예를 갖추는 것으로 이해가 되지만
대회를 축하해주고 선수들을 격려하려면
먼저 와서 입장하는 선수들이나
수고하는 관계자들에게 인사를 나누고 덕담을 건네며
경기시간에 함께하는 것이 도리 아니겠는가.

경기시간 내내 코빼기도 보이지 않다가
경기가 끝날 때쯤이면 나타나
지치고 피곤한 선수들 앞에 앉혀놓고
잘나지도 못한 인물 과시하며 '나 이런 사람이요' 하나 달고
앞가슴에서 꺼낸 원고 앞에 놓고 읽어대는
알맹이도 없는 형식적인 관료주의는
이젠 제발 사라졌으면 좋겠다.
주무관청의 말단 공무원도 가슴에 꽃 달고
높은 단상에 앉아있는데 정작 낚시의 원로 선배들이나
행사를 위해 이리 뛰고 저리 뛰며 땀 흘리는 관계자들은

뒷전에 서 있는 관행은 제발 고쳐졌으면 좋겠다.
다행인 것은 조구업체나 낚시 관련 단체에서 개최하는 낚시행사에서
관계자들의 헌신적인 노력과 봉사하는 모습은
아쉬움 속에서도 많은 위안을 느끼게 한다.

낚시는 즐겁기 위해서 한다.
개인적인 낚시건 대회 형식의 집단 낚시건 간에 즐거워야 한다.
다수가 모이다 보니 규정과 형식이 따르지만
그것 또한 불편을 최소화하고
최상의 즐거움을 주기 위한 하나의 방법일 뿐이다.
낚시대회는 낚시인들이 즐겁고 편하며
찾아주시는 분들 또한 공감하고
낚시인들과 동화되게 하는 것이 가장 합리적인 방법이다.
그러기 위해서는 낚시대회 시상식장의 단상은
최대한 낮아야 한다.
전체적인 통제를 하기 위한 시야확보 차원의 의미는 있겠지만
한걸음에 올라설 수 있는 높이
즉, 무릎 정도 높이면 되고 무대는 사회자의 진행에 따라
낚시인들이 올라가는 자리여야 하며
노인부터 어린아이까지 불편 없이 올라설 수 있으면 된다.
높은 단상에 폼 잡고 앉아
내려다보는 좌석배치는 제발 치워내자.
내빈이나 귀빈 임원은 무대 옆쪽에 자리를 마련해서

낚시인들과 눈높이를 같이 해야 한다.
진행상의 융통성과 운영의 묘를 발휘해
사전 양해를 구하고 즐겁기 위한 최상의 방법을 찾는 것은
어려운 일이 아니다.

대회를 주최한 대회장의 인사말은 당연히 한번 들어야 되고
감사의 박수 한번 보내는 것은 기본 예의 아니겠는가?
어려운 여건에서도 많은 상품이 협찬되고
추첨을 통해 일일이 호명하느라 많은 시간이 소비되는데
이 부분을 활용해서 내빈이나 귀빈들이
자연스럽게 소개도 되고 감사하는 마음도 전하고
준비된 상품도 나누는 시간으로 한다면
좀 더 소중하고 유익한 시간도 되고
뜻있고 의미 있는 시간이 될 것이다.

축구장의 해프닝을 보면서 못내 안타까움을 느끼는 건
나만은 아닐 것이다.
순수한 마음으로 찾아준 내빈이나 귀빈들이
귀찮은 빈대(?)가 되어버린 것이 결코 낚시도 예외는 아니다.
순수하고 자연스러우며 자연과 함께하는 낚시에 걸맞게
혹 귀찮은 빈대가 끼어들어도
우리는 그들을 확실한 귀빈으로 만들어
우리 스스로 위상과 함께 낚시의 지위도 향상시키자.

프로낚시인, 그 정의는?

어느 날 갑자기 프로낚시인에 대한 정의로 논란이 일고 있다.
사전적 의미는 어떤 일을 전문으로 하거나
그런 지식이나 기술을 가진 사람,
또는 직업선수, 전문가를 말하는데
스포츠 분야에서 정상에 오른 선수들이
금전적인 대가를 받으며 활동하고 있고
일반인들의 통념상 낚시가 직업적으로 정착하지 못한 상황에서
프로라 칭하는 것이 과연 타당하냐는 것이다.

프로를 지향하며 프로라는 호칭을 사용한 것은
배스를 주 대상어로 하는 루어 쪽에서 가장 먼저 시작되었고

루어낚시가 주 낚시 기법으로 체계화된 일본의 영향을 받아
처음부터 프로다운 체계를 구축했고 바다를 거쳐
가장 많은 낚시 인구를 가지고 있는 민물 붕어낚시는
가장 늦게 일부 프로화를 시도했고
근래에 와서 프로라는 타이틀을 달고
조구업체의 스탭이나 방송 등에서 활발한 활동을 하고 있다.
이러한 일련의 과정이나 흐름은
시대의 변화에도 밀접한 관계가 있다.

경기낚시가 활성화되지 않았던 2000년 이전에는
전혀 상상도 하지 않았을 뿐만 아니라
붕어낚시의 프로라고 누구도 호칭되지 않았다.
그렇다고 전문가나 최고의 기량을 발휘하는
낚시인이 없었던 것이 아니고 그들은 고수로서
그들이 속한 무리 속에서 리더 역할을 해 왔고
시대가 변하면서 자연스럽게 일부는 프로화되어
일선에서 아직도 활동하고 있다.
대다수는 낚시인으로 오늘도 여전히
변함없는 취미 생활을 하고 있다.

낚시 분야의 변화는 참으로 힘든 과정을 필요로 한다.
물론 사회 어떠한 분야든 새로운 틀을 만들기 위해서
기존의 틀을 깨는 것은 어렵다.

아무리 불합리하고 악법이라도 기득권을 누리는 세력이 있고
그 세력들의 반발 또한 만만치 않기 때문이다.
기존의 방법으로 영역을 확보하고 위치를 차지한 자들이
새로운 변화를 인정하지 않으려는 것은 당연한 것이다.
거기에 취미로 행해온 낚시는 더더구나 논란을 야기한다.

지금이야 내림이나 중층낚시를 자연스럽게 인정하고
받아들이지만 불과 몇 년 전에는 그것도 낚시냐는
곱지 않은 시선에 가슴앓이를 한 낚시인들이 많이 있다.
그것만이 아니고 정작 시도해 보지도 않았으면서
고기를 띄우니까 옆에 앉으면 안 된다느니
우리나라는 전통적으로 두 대에 바닥 낚시라느니
별의별 억지 주장이 난무했다.

역사적인 낚시 자료를 아무리 찾아봐도
두 대의 낚싯대로 바늘을 바닥에 안착시켜
정교한 찌맞춤에 물고기를 낚았다는 기록을 보지 못했다.
내 자신도 60년대부터 낚시를 했지만 한 대 손에 들고
찌맞춤 개념 없이 수수깡이나 대마 속대 마른 것을 찌 삼아
지렁이나 보리 밥알 끼워 쏙하고 잠기거나
파르르 떨거나 비스듬히 누워있던 찌가 발딱 서면
그 끝에는 어김없이 붕어가 달려 나왔고
지금도 흐르는 물에서 끝 보기 낚시를 하면 붕어가 올라오고

바다낚시나 루어, 플라이,
가장 낚시 중에서 우리 것이라 할 수 있는 견지낚시는
여울에서 몇 십 미터를 흘려
손가락만한 피라미가 낚여도 그 움직임을 간파할 수 있고
내림낚시는 그런 원리에서 의문점을 가지고 있을 때
다행히 체계적인 검증을 거쳐 대만이나 중국에서 행해지고 있어
우리 실정에 맞게 변화를 주고 시도했던 것이었다.

중층은 일본 낚시니까 일본의 앞잡이 노릇한다거나
내림낚시는 한 대를 가지고 하니까
낚싯대가 팔리지 않아 국내 업체는 이젠 어려워지고
경기낚시에 미끼 크기를 제한하니
미끼 생산업체 또한 어려움을 겪는다는 것이었다.
하지만 그런 변화가 한 치 앞도 보이지 않은 낚시계에
작지만 돌파구를 제공했고
취미 활동하자고 년 몇 백억씩 외화 써가며
수입하던 붕어의 양을 감소시켰고
잡아가는 낚시에서
손맛만 보는, 즐기는 낚시로의 전환도 이뤘으며
아시안게임에 월드컵에
이미 세계 각국이 스포츠로서 위상을 정립하고
활발한 활동을 하는 시대의 흐름에도 동참할 수 있었다.

아직도 대다수는 우리만의 방법인 바닥 낚시를 하고 있고
내림이나 중층낚시를 하는 낚시인들도
이미 바닥 낚시를 했었고 앞으로도 할 것이며
내림이나 중층 역시 하나의 방법으로
인정하고 행하는 것뿐이다.
하지만 스포츠적인 면에서는
내림이나 중층으로 접근하지 않을 수 없다.
국제적인 규정이 한 대인데 두 대를
우리만 고집할 수도 없을뿐더러
일정 개체수가 보장되고 인위적으로 조성된 낚시터에서
표층부터 바닥까지 붕어의 눈높이에 맞춰
결과물을 얻는 합리성을 따를 수밖에 없잖은가 말이다.
이렇듯 하나의 기법의 변화에도 뜨거웠던 논쟁과
무수한 설이 난무했었다.

문제는 낚시의 프로가 무엇이냐는 자들이
어떤 저의를 가지고 논쟁화하는가이다.
낚시의 프로라면 많이 낚아야 되고
프로축구나 야구, 골프처럼 금적적인 대가를 꼭 받아야 하고
직업적으로 위치를 확보해야 한다는 전제하에 말하는 데 있다.
특히 방송에서 프로로 지칭되는 자들은
자칫하면 구설수에 휘말린다.
함께 출연한 일반 낚시인보다 무조건 성적이 좋아야 되고

현장 상황이나 채비, 기상 등
사소한 변화에도 시시각각 달라지는
낚시의 여건을 설명하다 보면
구차한 변명으로 들리게 되고
선택의 여지가 없는 현실 앞에 막막하기만 하다.
특히 프로를 표방한 단체의 활동에 대한
곱지 않은 낚시인들의 시선은 참으로 따갑다.
돈만 내고 그 단체에 가입하면 무조건 프로냐?
누가 인정한 프로이고 프로가 다른 것이 무엇이냐?

분명 프로는 다르다.
우선 정신자세나 접근하는 마음가짐이 다르고
작지만 낚시에 대한 소명의식이 다르다.
용기를 가지고 전면에 나서는 것부터가 프로다운 기질이다.
비록 직업적으로 금전적인 보상이 이뤄지지 않고
프로로서의 대접이 이뤄지지 않는 현실이지만
전문가적인 낚시에 관한 이론과 지식과
풍부한 현장 경험이 프로는 다르다.

물론 프로를 표방한 단체에 가입했다 해서
호박에 줄 긋는다고 수박이 될 수 없는 것처럼
그들이 다 프로는 아니다.
과연 얼마나 그중에서 전문가로 태어날지는 모르지만

우선 그들의 뜻을 존중하자.

프로를 꿈꾸고 프로를 지향하며 노력하는 자세가

어느 날 전문가로 실력을 인정받는다면

그는 곧 전문가요, 금전에 관계없이 그는 곧 프로이다.

굳이 다른 스포츠와 비교해

사회적 위치나 경제적인 면을 들추지 말자.

배고프고 서럽고 외로운 것이 낚시의 프로이다.

그냥 즐기기만 하면 얼마나 좋겠는가.

괜한 구설수에 프로가 무어냐는 조롱에 서글퍼지게 하지 말자.

프로라는 낚시인이 낚시 현장에 있는 한

언제든지 그는 검증 받는다.

괜한 논쟁으로 그들의 낚시에 대한 열정에 찬물을 끼얹지 말자.

한 개비의 미학

담배가 몸에 해롭다고 난리이고
때맞춰 금연열풍이 불고 있다.

물론 거기에는 웰빙 트렌드를 타고
건강을 지키려는 의지가 작용한 것도 한 요인이고,
간접흡연이 결정적인 영향을 미친다는
갖가지 학설이 분위기를 띄우고,
공공장소의 금연구역 확대,
한쪽 구석에 동물 우리처럼 격리시킨
흡연구역의 설정으로 인한 모멸감,
그리고 가장 결정적인 담뱃값 인상이

직접적인 영향을 미쳤다.
'그래, 건강을 지켜야지' 하는 생각보다는
더러워 안 핀다는 사람이 더 많다.
몇 백 원 오른 것이 부담이 되기도 했겠지만
그것보다도 일종의 오기가 작용한 면도 있다.

하지만 난 담배를 사랑한다.
소위 말하는 애연가다.
군에서 전역하고 사회생활을 시작하면서 피우기 시작한 담배가
하루 평균 한 갑이던 것이 담배 값 인상 발표 이후 거의 두 배로 늘었다.
다행인 것은 금연구역의 테두리와는 그래도 거리가 있는
물가에 있는 시간이 많은 낚시인이다 보니 공간적으로 흡연에
다른 이들보다는 조금은 자유스런 입장이다.
허나 집에서는 나 역시 예외가 아니다.
쥐뿔 나게 가장이랍시고 제 역할도 못하는 판에
집 안에서 마음 놓고 담배를 피울 수 있겠는가.
이미 베란다로 쫓겨난 지 오래다.
그나마 다행은 쥐꼬리만 한 수입이지만
매월 통장에 돈이 들어오면 제일 먼저
아내가 한 달 동안 고생했다고 담배부터 한 보루 산다.
다른 이들에 비해서 난 행복한 편이고
아내의 작은 배려가 한없이 고맙다.

산새소리 들리는 한적한 저수지 한 귀퉁이에서
낚싯대 펼치고 찌 세우고 난 다음
한 모금 빨아들이는 담배 맛을 결코 버릴 수 없다.
십수 년 전, 내 딴에는 앞만 보고 밤낮을 가리지 않고
혼신의 힘을 다해 이루어 놓은
모든 것이 날아가 버리고 생의 의미마저도 상실할 즈음
다시 일어설 수 있었던 것은 낚시와 담배였다.

육체라도 혹사하지 않으면 견디지 못할 상황에서
그마나 살아있다는 것을 느끼게 한 것이 낚시였다.
(사실 어쩌면 현실도피가 더 정확한 표현인지도 모르지만)
하지만 가슴 저 밑에서 치밀어 오르는 울화는
담배가 아니었으면 견디기 어려웠을 것이다.
한밤중에 잠을 자다가도 벌떡 일어나
옥상에 올라가 고래고래 소리라도 지르고 싶고,
미칠 정도로 마음의 고통을 느낄 때
가슴 깊이 들이마시는 담배연기로
마음을 진정시킬 수 있었고
날 지탱해주는 유일한 수단이었다.

담배의 원가구조나 전매사업의 부가가치가
얼마나 큰지 모르는 사람이 없다.
그만큼 거의가 세금이라는 이야기다.

국가 주도로 이뤄지던 전매사업이 주체가 바뀌니까
흡연자들은 죄인 취급을 받는다.
하루에 한 갑을 피우면 일 년이면 오십여 만 원을 세금으로 내는 것이다.
담뱃값 인상 이후 금연은 고사하고 오히려 양이 는 것은
바로 이놈의 세금 때문이다.
솔직히 세수도 증대하고 건강도 지키고
연기로 사라지는 경제적 손실을 줄이자고 하면
호소력도 있고 얼마나 인간적인가.
국민 건강 증진을 위해 값을 인상해 금연을 유도하겠다?
명분 한번 그럴싸하다.

온 국민이 담배 끊고 모두가 건강해지면
병원이나 제약회사, 건강식품 사업체 큰일이고
환자가 급감해 고급 인력들이 줄줄이 실업자가 되는 것은 아닌지
모르겠다.
스트레스가 가장 무서운 현대인의 질병이고
그나마 스트레스를 해소하는 방법 중의 하나가 흡연인데
한번쯤은 순기능도 생각해 봐야 한다.
역기능만 생각하면 하루에 전국에서 발생하는 교통사고에
숨지고 부상당하는 인명손실과
부서지는 자동차의 경제적 손실을 생각한다면
자동차 세금이나 기름 값은 백 배쯤 올리거나
생산 자체를 아예 하지 못하도록

해야 하는 것은 아닌지 모르겠다.
너무 비약적인 논리인지 모르지만
살맛나는 세상이 되면 그나마 담배 소비량이 줄지 않을까?

수시로 일본인들이 독도는 자기네 땅이라고 우기고
심기를 건들어도 어찌된 일인지 우리 정부는 말 한마디 못하고
몇몇 학자들만 자료 들이대며
어쩌다 노래방에서 독도는 우리 땅 노래를 부를 때면
금지곡 되지나 않았는지 걱정되고,
한 번쯤 가보고 싶어도 들리는 말로는
허가 받기가 어렵다니 내 아무리 낚시인이지만
낚시는 언감생심 꿈도 못 꿀 거고,
자꾸 독도는 일본 땅이라고 바다 건너서 큰소리가 들려오니
쇠뇌가 되었는지 어느 땐 사실인가 착각도 든다.

대통령은 투기를 근본적으로 척결하겠다고
의지를 천명하지만
고위 각료들은 몇 년 전에 사놓았던 땅 팔아
몇 십억을 챙기고, 그것도 동서남북에 땅이 있는가 하면.
직접 농사를 지어야만 하는 농지를
어떻게 매입했는지 이해도 안 되고,
설령 주소지 옮기고 매입했다 해도
한 곳도 아니고, 사건이 터지면 하나같이 부인이 했다는데

한 집안의 가장이 설마 몰랐을까?
전후 사정이 뻔한 데도 투기가 아니고 투자라 우기고,
족집게 도사처럼 몇 년 후 개발될 곳은 어찌 그리도 잘 찍었는지….
허긴 고위층이 달리 고위층인가?
설마 직위를 이용해 정보를 얻지는 않았겠지,
어쩌다 맞아떨어진 거고 탁월한 식견이지
그분들은 이 나라를 이끄시는 분들인데,
그러니까 경제를 책임지고 있는 것인데….

경제가 바닥이라 서민들은 살기 어려워 아우성인데
재산등록 해보니 이건 왠 복마전인지.
국회의원들은 민심을 대변하니 다를까 기대하고
정치싸움에 날 새는지 몰라 가정 챙길 날 있을까 걱정했더니
이제는 모두가 전문가 수준이다.
국민들은 빚이 늘어나는데 정치인들은 재산이 늘어나니
그래서 박 터져라 수단 방법 안 가리고
정치하려고 난리인가 보다.
친일청산도 좋고 과거사 정리도 좋지만
또 다른 찜찜한 과거를 만들지나 말았으면 좋겠다.
언젠가 정권이 바뀌면
또 그것 청산한다고 소모전을 벌일까 두렵다.

담배를 끊지 못하는 이유가 바로 이거다.

살맛을 느끼지 못하기 때문이다.
터지는 울화통을 삭이기 위해서다.
억대 내기골프는 도박이 아니고 상품이나 상금이 걸린 낚시대회는
사행심을 조장하는 도박이라니 이해가 안 된다.
가족끼리 하는 윷 놀이도 조그만 내기를 해야 재미가 있고,
년 인원 몇 천 명의 낚시계 전체 일 년 대회 총금액은
억대 내기골프 한 번의 금액만도 못하다.
윗분들이 주로 하는 골프와 서민이 주로 하는 낚시는
아무리 인구가 많고 다수가 즐긴다 해도
투자와 투기의 차이처럼 큰 차이가 있다.
잘난 인간들이 짜낸 세수증대의 묘안에 흡연만 늘어난다.

얼음 풀린 낚시터에서 담배 한 모금 들이마시고
올라오는 찌나 보련다.

梁上君子(양상군자)

양상군자는 '들보 위의 군자'라는 뜻으로
후한서 진식전에 나오는 도둑을 점잖게 이르는 말이다.
남의 것을 훔치는 것을 도둑질이라 하는데
제 것 아닌 것을 탐하는 것을 도둑으로 통칭한다면
동물은 본능적으로 생존하기 위해서 제 것 아닌 것을 탐하지만
인간이 남의 것을 탐하면 그것이 곧 도둑이요,
동물과 같은 격으로 격하되어 당연하다.

IMF 시절, 친한 친구 셋이서 충주호 조정지 댐으로
이박 삼 일간 밤낚시를 떠났다.
장마철이라 첫 장마의 호황을 그리며 낚시터에 도착해

대를 펴고 일찍이 저녁식사도 마치고
느긋한 마음으로 자리에 앉아 케미컬라이트를 꺾고
낚시를 시작했다.
어떻게 호황소식을 들었는지 전국에서 모여든 낚시인들이
유료낚시터 낚시대회 하듯이 어깨가 맞닿을 정도로 촘촘히 자리 잡고
장대비가 내리는 상황에서도 누구 하나 자리를 뜰 줄 몰랐다.
초저녁부터 시작된 입질은 자정이 넘도록 계속되었고
처음 만나는 사이라도 낚시터에서는 진한 동료의식으로
음식이나 커피도 나누고 소주잔을 기울이는 것도
낚시의 재미라 모처럼 뿌듯함으로 출발할 때의 번거로움이나
장대비 속에서 낚시 준비로 인한 어려움쯤은
능히 감내할 수 있었다.
새벽 2시. 파라솔에 우의로 완전 무장했지만
틈 사이 사이로 파고드는 물기에 한기도 들고
출출한 판에 밤참도 생각나 도로변에 주차한 승합차에서
라면도 끓이고 소주도 한잔 걸치고 자리에 돌아오니
아뿔싸! 파라솔과 받침대만 남아있고
낚시가방과 펼쳐 놓은 낚싯대도 보이질 않는다.
일부는 낚시를 계속하고 있었지만 많은 낚시인들이
차 안에서 잠시 휴식을 취하는 시간.
그 시간에 양상군자가 다녀간 것이다.
30년 이상의 낚시 중 처음으로 당한 것이다.

그 후로 낚시터에서 낚시장비의 도난 사고는
끊이지 않고 계속되고 있다.
옛말에 훔친 사람보다 잃어버린 사람이
자칫하면 더 나쁜 사람일 수 있다는 말이 있다.
사전에 미리 대처하지 못하고 잃어버린 후
불특정 다수를 의심하게 되고
어쩌다 낚시 도중 자리를 비우려면
주변의 모두가 미심쩍어 보이기 때문이다.
근래 들어 낚시터에 좀도둑이 극성을 부린다.
밤낚시에 잠시 눈이라도 붙일라치면 어김없이 낚시가방이 사라지고,
조심한다며 가방은 챙기고 새벽에 다시 낚시를 시작하려
번거로움에 설치한 낚싯대 놔두고 한숨 자고 나오면
원줄 잘라버리고 낚싯대는 사라지고 받침대만 덩그러니
남아 있는 황당한 경우가 자주 발생한다.
그래도 몰래 물건만 훔치는 것은 그나마 다행이다.
한적하고 외진 곳에서 혼자 밤낚시를 즐기다
소지품에 차량까지 강탈당하고 생명의 위협까지 받는 경우도 있다.
밤낚시는 우리나라에만 있는 독특한 낚시문화이고
조용하고 정적이며 나만의 시간을 갖고 사색할 수 있는
정취가 있어 매력이 있지만 이제는 여러 가지 정황을 종합하여
결정해야 될 그런 경우가 되어 버렸다.

주변에 이름만 대면 아는,

낚시점도 하면서 잡지에 현장을 중심으로 많은 글도 쓰고
낚시방송에도 출연해 야전사령관이라는 닉네임도 가지고 있는
왕성한 활동을 하는 사십 대 중반의 낚시인이 승합차를 털린 일이 있다.
낚시점 옆에 주차하고 24시간 사람의 왕래가 빈번한 곳이라
생각도 하지 못했는데 허를 찔린 것이다.
가격은 둘째 치고 손에 익어 애착이 가는 분신 같은 낚시도구를
몽땅 잃어버렸으니 그 서운함이 어떠했겠는가.
순찰차가 오고 감식반이 뜨고 난리법석을 떨었지만
결국은 흐지부지되고 말았다.

올해는 전반적으로 예전에 비해 붕어 조황이 살아나고
특히 떡붕어 낚시는 절정의 해였다.
처음 떡붕어가 방류된 파주의 발랑지에서
덕우지, 어천지, 기천지, 두메지, 만정지, 반제지, 금광지, 마둔지,
터가 세기로 소문난 충주의 중산지가 연일 대물을 쏟아내고
서천의 흥림지, 대청댐이 가세하더니 청라지가 저력을 보이고
급기야 남도의 금사지에서도 호황이 이어졌다.
덩달아 신바람이 난 것은 비단 나만은 아닐 것이다.
댐 낚시도 위쪽 파로호부터 충주, 대청호 등이 어김없이
오름 수위 특수를 보였다.
호황이 뜸한 듯하더니 온양의 송악지와 고개 넘어
대술의 송석지, 방산지가 위력을 떨치기 시작했다.
붕어낚시 호황과 함께 빈번하게 일어나는 일이 있으니

바로 낚시터 좀도둑들이다.
요즘 낚시장비가 예전과 달라 상당히 고가이다.
그런데다 경제 전반이 어렵다 보니 늘어나는 건 도둑이요,
각박해지는 건 인심이다.

장맛비가 오락가락 심술을 부리는 한여름의 목요일,
서해의 부시리, 참돔낚시에 참패를 당하고
조황이 좋다는 대술의 송석지를 찾았다.
밤낚시에 도난 사고가 많고, 심지어 낮에 잠깐 자리를 비워도
낚시용품이 없어지니 조심하라는 당부를
먼저 와 있던 낚시인들에게 누누이 들은 터라
어둠이 내려서 장비를 걷고 휴식을 취한 후
다음 날 아침 일찍, 제방 옆 이차선 도로 공터에 차를 주차한 후
낚시를 시작했다.
주변에는 일곱 대의 다른 낚시인들의 차량도 주차되어 있는
낮 1시에서 2시 사이,
멀리 낚시인들이 보이고 차량이 수시로 왕래하는
이차선 도로에서 유리를 부수고 차 안의 모든 것,
바다, 민물, 낚시도구는 물론이요, 신분증, 면허증, 여권,
심지어 가족사진에 기념으로 받은 중국, 대만, 일본 낚시인들의
서명이 들어있는 찌와 낚시용품 등 아예 깨끗이 청소를 하고
기념으로 머리통만한 유리를 부순 돌덩이와 무수한 유리 파편만 남겨
놓았다.

돌덩이를 보는 순간 섬뜩함에 소름이 돋았다.
한 밤, 차 안에서 잠 잘 때 저 돌덩이가 날아들었다면---

사회가 불안정하고 경제가 어두우면 도둑이 설친다.
얼마 전에 명분은 그럴듯하게 국민건강 증진을 위해서라며
담뱃값 인상하니 담배를 취급하는 동네 구멍가게 털이가
기승을 부렸었다.
값 그 자체가 세금덩어리인데 담배 피워 세금내고
도둑 설쳐대고 백성만 죽을 맛이다.
경제사정과 도둑과는 밀접한 상관관계가 있다.
오죽하면 도둑질을 하겠느냐 동정론을 유발하는 경우도 있지만
요즘은 안 들키면 도둑이요, 들키면 강도로 변한다.

허긴 낚시장비를 터는 것은 애교일는지도 모른다.
권력이나 지위를 이용한 윗분들은 몇 십억, 몇 백억을
눈 하나 까딱하지 않고 도둑질해도 끄떡없다.
국민은 다 아는데도 끄떡없고
어쩌다 재수 없어 문제가 돼 봐야 들어가서 휴식 좀 취하면
어떤 이유를 붙이든 사면인데 신경 쓸 일이 없다.
이런 도둑님들을 따라하는지 저급 도둑님들도 덩달아 판을 친다.
백주에 차 유리를 부수고 처분해봐야 속된 말로
똥값인 장물을 터느라고 얼마나 조마조마 가슴 졸이고
피가 마르는 고통을 느꼈을까?

도둑님과 도둑놈은 간덩이 크기도 다르지만
격에도 차이가 있고 금액에도 차이가 있다.
도둑님이건 도둑놈이건 크든 작든 분명한 것은
남의 것을 탐하는 동물이라는 것이다.

양상군자!
너희는 이제부터 인간이기를 포기한 동물이다.

낚시터 귀신

오토바이에 주섬주섬 짐을 싣는
손길이 마냥 바쁘기만 하다.
한여름의 해가 길다고 하지만
오늘은 왜 그리도 시간이 빨리 가는지
손목시계의 시침과 분침이 일자로 뻗어있으니 정각 여섯 시,
낚시터에 도착하면 어두워질 시간이다.
퇴근시간과 맞물리는 시간이라
차량이라면 감히 엄두도 못 내겠지만
오토바이라 도로가 막히는 것은 하등 구애받지 않으니
그나마 다행이라 생각하며
마지막으로 낚시가방 외에

취사도구며 텐트 등을 체크하고
날아갈 듯한 동작의 모듬 발로 펄쩍 뛰어올라
멋진 모습으로 안장에 착지, 힘차게 시동을 건다.

입사한 지 채 한 달도 되지 않은 신참이
무슨 보물지도라도 되는 듯 주위를 두리번거리며
건네주는 쪽지를 받아들고,
중죄를 저지른 범인 앞에 놓고
여죄를 추궁하는 강력계 형사처럼
미주알고주알 캐묻다 훌쩍 시간이 지났으니
초행길에 산속 저수지를 찾으려면
이동 시간을 최대한 단축하는 것이 상책이다.
늘 같이 동행하는 관리과 김 대리가
장인어른 생신이라 빠진 것이 아쉽지만
아침 일찍 온다니 그동안 그 그늘에 묻혀
내심 약도 올랐는데 오늘은 본때를 보이리라.
시간만 나면 낚시터로 내달리니
이제는 포기 상태인 아내가
차려놓은 밥상도 마다하고 서두르는 것은,
넣었다 하면 황금빛 붕어가 미끼를 물고 늘어지고,
운 좋으면 하루 밤에 한두 마리 월척은
너끈히 낚을 수 있다는 꿈같은 이야기도 원인이지만
어두워지기 전에 낚싯대를 편성하고

밑밥을 충분히 주지 않으면 말짱 황이니
꼭 일찍 가라는 당부가 더 큰 이유다.

땀은 비 오듯 쏟아지고
온몸이 끈적끈적해 옷은 착착 감겨
운신이 힘들 지경인데
불과 몇 백 미터도 안 되는 거리지만
오토바이조차 들어가지 못할 정도로
넝쿨식물과 잡목이 우거졌고
경사까지 가파른 길을
낚시가방은 등에 메고 일인용 텐트에
매트, 라면, 커피, 소주, 코펠, 버너,
김치가 든 보조가방과 반 말짜리 물통까지 들었으니
중노동도 상노동일 수밖에 없지만
고지가 바로 저긴데 포기할 수 있겠는가.
우라질 놈의 칡넝쿨은
걸핏하면 등에 진 가방에 걸려
힘들게 한 발짝 내디디면
아침 일과 시작하기 전
체조할 때 등배운동하듯이
상체가 뒤로 기울어 휘청하는데
얼굴에 스멀스멀 감기는 거미줄은
기분 한번 더럽게 묘하게 한다.

농로 길을 타고 끝까지 들어와
폐허가 된 집터 마당에 오토바이를 세우니
어둠이 내리고 늦었다는 낭패감이 들었지만
그려준 보물지도(?)와 딱 맞아떨어지니
그나마 다행이다 싶고
신참 녀석이 그래도 군대생활은 제대로 했구나 생각이 들면서
오늘은 탐색전으로 하고
내일 밤도 있으니 느긋하게 생각해야지 하면서도
잰걸음으로 목표점을 향했다.
낚시도 시작하기 전에 파김치가 되어 도착하니
헉! 이건 뭐야?
저수지라더니 이건 아예 웅덩이 수준이다.
주위는 완전히 어두워졌고
숲이 우거져 전 수면을 보지 못했나 싶어
손전등을 꺼내 비춰보니
아무리 후하게 쳐줘도 둠벙,
그 이상은 아니다.
우라질! 이게 저수지면
우리 집 고양이는 호랑이고,
파리도 독수리며, 모기는 B29폭격기다.
세 칸 대를 던지면 건너편 수풀,
아니(어차피 부풀린 판이니 좀 더 쓰자.)
정글에 채비가 걸릴 판이다.

게다가 어느 한구석도 낚시한 흔적이 없으니
낚싯대를 담그고 싶은 의욕도 일지 않는다.
의욕이 사라지니 갑자기 그렇게 땀을 흘리면서도
으스스 한기가 드는 것이었다.

황금빛 붕어? 월척?
사직서 던지고 고향 앞으로 가지 않으면
신참, 넌 이제 죽었다.
길도 제대로 없는 비탈을 되 짚어 내려갈 수도 없고
구색을 갖추느라고 그렇게 후덥지근하게 삶아대더니
기어이 비까지 뿌리기 시작한다.
내일 아침 일찍 김 대리가 온다 했으니
그때까지는 어차피 기다려야 되고
다행히 이런 가뭄에도 물이 가득 차 있다는 것은
마르지 않는 곳이고,
물 있으면 붕어 있고,
이런 곳을 소개할 때는 규모가 작아서 그렇지
무엇인가 있기 때문 아니겠는가!
텐트부터 치고 칸 반대 하나만 펴 보자.

일인용 작은 텐트라 조그만 공간만 있어도 되는데
비스듬한 경사면이라 자리도 마땅찮고
고정 팩을 단단히 박지 않으면

가뜩이나 잠버릇도 고약한데 텐트로 둘둘 말아
신참 놈이 말한 저수지(?)에 수장되기 십상이라,
좀 멀리 겨우 자리 잡아 대충 잡목과 풀을 발로 밟아 눕히고
텐트를 치기 시작했다.
그동안 그렇게 많은 날들을 밤낚시를 하면서도
무서움을 느끼지 않았는데
갑자기 고독감이 밀려오면서
주변의 나뭇잎이 바람에 흔들리는 것조차도 신경이 곤두서고
낚시고 뭐고 이제는 빨리 텐트 안에 들어가서
은둔하고 싶은 생각만 드는 것이었다.
허겁지겁 텐트를 세우고 마지막 팩을 박고
짐을 텐트 안으로 옮기려고 돌아서는 순간
뒤에서 강력하고 우악스런 손길로
허리춤을 잡아채는 것이었다.
아! 으스스한 한기가 이것 때문이었구나!
살아야 한다. 뿌리치고 달아나야 한다.
하지만 아무리 용을 써도 빠져나갈 수가 없었다.
손아귀에서 벗어나려고 몸부림치면
더 강력한 힘으로 잡아끄는 것이었다.
결국은 그동안 살아왔던 짧지 않은 삶이
주마등처럼 스치며 가물가물한 의식이
나른한 육체로부터 이탈되면서 기억이 끊기고 말았다.

새벽같이 달려온 김 대리가 그를 발견했기 망정이지
그는 그렇게 생을 마감할 뻔했다.
기절하기까지 밤새 얼마나 마귀의 손아귀에서 벗어나려고
엎드려서 바닥을 긁었는지
손톱이 빠지고 부러지고 앞가슴과 배까지 처참할 정도였다.
밤새 그를 그리도 괴롭힌 것은 무엇이었을까?
그것은 다름 아닌 그가 쉬려고 설치하던 텐트의 팩이었다.
어둠 속에서 허둥지둥 팩을 박으며
옷깃이 같이 박힌 줄 모르고 뒤돌아서니
이미 무서움을 느끼기 시작한 상태에서
뒤돌아볼 엄두는 감히 낼 수도 없고
결국은 자기 최면에 빠진 것이다.

이 이야기는 결코 한여름의 더위를 날려보려는
납량특집 픽션이 아니다.
지금도 종종 같이 출조하는 선배의 이야기다.
어쩌면 낚시인이라면 정도는 다르지만
이런 유사한 경험은 한 번쯤 있을 것이다.
결과적으로 우리에게 주는
익히 알고 있는 두 가지 교훈.
첫째, 비단 낚시만이 아니라
매사에 무리한 욕심을 부리지 말고
둘째, 호랑이게 물려가도

정신만 똑바로 차리면 된다.

Show, Show 하지 마라

낚시인 이전에 대한민국 국민이고
애써 초연한 척 비켜가려 하지만 쉬운 일이 아니다.
국가지도자의 능력에 따라 국가의 위상이나
우리의 삶의 질이 달라지는 것은 둘째 치고
지금까지 아쉽고 부족하지만 근근이 지켜온
이 상황이나 악화되지 않았으면 좋을 소심한 백성이자
낚시인인 입장에서는 솔직히 대선구도나 너니 내니
Show하는 정치인들을 생각하기 싫다.
관심이 없어서가 아니고 정치판이 어지러워
정치에 '정'자만 나와도 골이 지끈거리니
이것도 질병의 일종이고 병도 대단한 병이 아닌가 싶다.

일찍이 양자구도로 검증한다고 치고받는
야권의 치열한 혈투는 애교라도 있지만
정치에 다리만 걸쳤으면 출마하겠다고 줄줄이 늘어서는
여권 후보들의 Show하는 모습을 보면 가관을 떠나 실소가 나온다.
출사표를 던진 사람이 스물셋에 기회를 엿보는 사람들까지 합하면
이러다가 전 국민의 후보화가 되는 건 아닌지 모르겠다.

헌데 문제는 그들이 그만한 능력이 있고 없고의 문제가 아니라
대통령이라는 자리를 우습게 보고 넘보는 건 아닐까 하는 우려이다.
기분 내키는 대로 시정잡배들처럼 내 편 아니면 네 편이고,
배알이 뒤틀리면 감정을 있는 그대로 표출하고,
유리하면 다른 나라의 선례를 찾아 끼워 맞추며,
한밤중 연행돼 온 술 취한 주정꾼들이 경찰지구대에서
민주주의나라에서 이럴 수 있느냐고 주절거리는 것처럼
걸핏하면 민주주의를 들이대는데 민주주의가 무엇인가!
단순히 생각해서 다수결의 원칙이라면
국민 다수가 싫어하고 반대하면 하지 말아야 되고
하던 일도 멈춰야 하지 않겠는가.
확고한 신념이나 비전을 제시하며 서서히 설득하고 이해시킨 다음
실행을 하는 것이 순리이다.

국가 지도자가 될 출중한 인물이 없는 것이 아니라
그동안 지켜보니 대통령이라는 것이 나도 할 수 있는

별거 아니라는 생각이 들었거나 이참에 Show 한번 하고
다음 총선에서 부각되어 보자는 얄팍한 계산이라는 것은
힘없고 꾀 없는 붕어만 상대하는 무지렁이 낚시인인
내가 봐도 빤히 그 속이 보인다.
Show를 하라. Show!
한 통신회사의 선전문구가 기가 막히게 맞아 떨어졌다.
각 분야에서 도처에서 Show하지 못해 안달하는 자들에게
앞장서서 자연스럽게 분위기를 잡고
멍석을 깔아주니 기회는 이때다 신바람이 날만도 하다.
사회 전체가 안정적이고 차분히 자리를 잡으면
어지럽게 Show하는 자들이 없다.
이수선하고 불안정할 때 그들이 설친다.
광고로서는 대단한 성공인지 모르지만
평범한 일상을 파괴하는데 그 또한 영향력이 대단하다.
광고가 광고로만 끝나야 되는데
사회 분위기를 바꾸는 데 문제가 있다.

TV 드라마 한 편이 사회 흐름을 바꾸고
그 프로의 주인공 의상이 패션시장을 리드하고
규제가 공중파 3사보다 덜한 케이블방송의
말초신경을 자극하는 난해한 프로그램은
인간의 도덕적 개념조차 바꾸는 세상이다.
화면 위 빨간 동그라미 속에 숫자만 표시하면

아이들이 보건 말건 그건 부모의 책임이고
젊은 주부들 앉혀놓고 첫 경험이니 오르가즘이니
진행하는 사람이나 화면에 얼굴 한 번 더 나오려고 경험담을
자랑스레 늘어놓는 출연자나 실로 가관이다.
한마디로 Show하고 있다.

Show하는 세상이 싫어,
물가에 앉으니 이곳 또한 예외가 아니다.
이곳에도 Show하는 사람들이 왜 이리도 많은지….
낚시에 관한 최고의 이론가요,
낚시에 관한 경지에 이른 명인들.
그깟 미물인 물고기 한 마리 더 낚고 덜 낚는 것이
무엇이 그리 대수라고 Show하고 있는지!
Show를 했으면 끝까지 살아남아야지
Show하던 그들, 다 어디로 사라졌는가!
말없이 취미생활로 물가를 찾는
수많은 낚시인에게 혼란을 주고
새로운 바람으로 활로를 모색하려고
시도하는 자들을 태클 걸던 그들,
다 어디에 있는가!
한 분야의 발전에는 태동기와 발전기,
안정기, 번영기의 주기적인 싸이클을 가지고 있다.
특히 태동기 이후 발전기는 꼭 혼란과 병행한다.

연말 대선을 겨냥하는 많고 많은 대권 후보들처럼
혼란을 틈타 Show를 하는 것이다.
역설적이지만 혼란은 빨리 올수록 좋다.
그래야 다음 단계인 안정기와 번영기가 오기 때문이다.

민물낚시 인구 중 차지하는 비중은 낮아도
우리의 낚시 여건은 내림중층을 도외시할 수 없는 상황이다.
자원의 한계도 요인의 하나지만
성장속도도 빠르고 전국적으로 분포되어 있는
떡붕어를 인정하지 않을 수 없기 때문이다.
잡아서 먹는 것이 아닌, 낚아서 손맛을 보는
낚시의 본뜻을 알고 있기 때문이며
많이 낚는 것보다 멋있는 낚시를 하는 추구해야 하기 때문이다.
아직도 낚시는 토종 우리 붕어가 최고라며
떡붕어낚시를 경시하는 낚시인들이 있다.
맞는 말이다. 붕어는 토종 우리 붕어가 최고다.
내림이건 중층이건 떡붕어나 중국붕어를 낚는 낚시인들도
인정하는 사실이다.
그런데 왜? 내림이나 중층낚시로 떡붕어나 중국붕어를 낚을까?
토중 우리 붕어가 최고이며 바늘에 궤는 것도 아까워
그래서 아끼려고 떡붕어, 중국붕어를 낚는 건 아닐까?

낚시는 말 그대로 낚는 것,

그 이상도 그 이하도 아니다.
피라미건 붕어건 간에 낚시 대상어이고
그것을 낚아내는 데에 낚시의 의의가 있다.
바다낚시는 처넣기를 하거나 전유동, 반유동,
전층낚시를 하거나 논란을 벌이지 않는다.
나름대로의 효율성과 가치를 갖고 있고 인정하기 때문이다.
유독 붕어낚시에 이견이 많다.
하나의 기준을 나름대로 각색하여 Show하는 자들이 생겨나고
그러다 보니 어렵고 난해해지며
그것이 눈꼴시고 내심 마음속으로 자신도 없다 보니
애써 부정하게 되는 것이다.
Show하는 자들에게 현혹되지 말고
서로 인정하면 그뿐이다.

우리 낚시인들은 Show하지 말자.
세상 모두가 Show판으로 변해도
진지하고 진솔해야 하지 않겠나.
자연을 상대하는 낚시인까지 정신없이 어지러운 정치판이나
숨 막히게 돌아가는 각박한 시류에 휩싸여 비틀거리지 말자.
낚시인이라 포장하고 Show하는 자들 역시
지금부터라도 제발 Show하지 마라.

상대를 인정하고 배려하는 것,

그 자체가 한 단계 상승하고 발전하는 것이다.

3장

때론 현실도피가 새로운 세계를 연다

위인전을 바꾸자

용 꼬리보다 뱀 대가리라는 말이 있다.
작지만 어느 한 분야의 최고가 돼라는 말일 수도 있고
피동적으로 구성원으로 남아서 흘러가는 대로
따라가는, 있으나마나 한 사람이 되지 말고
소그룹이지만 리더가 되든가
아니면 자기 색깔이 분명한
즉, 개성과 적성을 살린 특징을 가지고 살라는 말이다.

하지만 조직이라는 틀 안에서 공조해 나가는 것은
또 다른 일이다.
조직이나 단체의 일원의 첫째 조건은 자기희생이다.

여기에 근본적인 괴리가 있다.
요즘의 세태가 개인의 안락함과 행복을 우선시하는
사회구조로 가다 보니 이기심이 가득하고
내 뜻이나 의지와 상반되는 상대는 누구든 적으로 간주하는
이분법적으로 흐르고 있다.
뱀 대가리가 되는 것이 개인의 입장에서는
추구하는 최상의 목표일지 몰라도
사회의 구성원으로는 바람직하지 않다.
조직 내에서 너도 나도 뱀 대가리가 되어 흔들어 대면
용 머리는 어디로 가고 어떻게 해야
일사 불란한 용춤을 추느냐 말이다.

지금처럼 TV나 신문, 잡지도 없고,
집집마다 스피커만 달아놓고 정미소 발전기를 이용해
파트타임 형식으로, 그것도 뉴스나 정보전달이 아닌
순전히 오락적인 요소인 구슬프고 애절한 가요,
그 당시 유괴사건으로 노래까지 만들어졌던
'두형이를 돌려 줘요'나
공전의 히트곡이자 불멸로 가수로 등장한 이미자의
'동백 아가씨'가 직직거리는 파열음과 함께
저녁식사 후 잠시 한두 시간 들려주던 60년대 충청도 산골마을.
읽을거리라고는 교과서 외에는 초가집 황토벽에 가로 세로 도배지 대신
밀가루 죽 쑤어서 붙여놓은 누런 신문지와

군에 간 병식이 삼촌이 관형이 누나 관심 끌기 위해
가끔 붙여주는 군 홍보물인 '자유의 벗'이 고작이었다.

그 덕분에 그 당시 국민학생(지금의 초등학교) 시절에
아침에 눈만 뜨면 공포 영화감독인 히치콕이라는 이름이
머리 위 천장에 거꾸로 붙어있는
누런 신문지 속의 광고에 있으니 그의 영화를 본 적이 없어도
그의 이름은 기억하고 있다.
그가 공포영화의 대부라는 사실은 나중에 알았고
지금 들으면 거창한 것 같지만
사실 그때의 소원은 원 없이 책을 읽어 보는 것이었다.
책이라곤 교과서 외에는 없으니 음악과 산수책만 빼고는
이미 국민학교 4학년 때 5, 6학년 형들의 책은
모두 다 달달 외울 정도였다.
성적은 보나마나 음악 빼고는 당연히 만점이고,
그러던 어느 날, 학교에 한 보따리의 책이 왔다.
소위 도회지에서 벽지학교에 보내는
도서의 혜택을 받게 된 것이다.

플루타크 영웅전, 성웅 이순신, 화랑관창과 계백장군,
이율곡과 신사임당, 에디슨 전기, 징기스칸, 나폴레옹 등
모두가 동서양의 위인전 일색이었다.
이 위인전으로 인해 한바탕 홍역을 치러야만 했다.

우리의 위인전과 서양의 위인전은 참으로 이상한 차이점이 있다.
서양의 위인은 하나 같이 어려선 평범하거나
아니면 말썽꾸러기였으며 자라면서 노력해 성공하는 반면에
우리의 위인전은 어려서 총명했고 또래에서는 늘 대장이었으며
어른들이 모두 혀를 내두를 정도로
하나를 가르치면 열을 아는 신동들이었다.
이게 바로 문제였다.
그 당시 사회 구조상 양반과 상놈의 세상에서
아무리 잘나고 똑똑해도 상것의 자식들은 행세도 할 수 없고
아무리 못나고 모자란 팔푼일 망정 양반집 자제는 떠받들어 모시던
시절이었으니
누구라도 양반집 자제가 이름만 남기면
후대에는 기막힌 신동이 되는 것이다.

홍역을 치른 이유는 이순신 장군 때문이었다.
읽고 나서 독후감을 제출하라 해서 선택한 책이 성웅 이순신이었고
내용 중에 이순신 장군이 무관 시험에 응시해
말 타기를 하다가 말에서 떨어져 나무껍질을 벗겨
나무토막을 대고 묶었다는 내용이 문제의 발단이었다.
독후감 내용 중에 '어떻게 무관시험에 응시한 자가
기본적인 말 타기에서 낙마를 할 수 있느냐,
이것은 기본적인 자질에 문제가 있는 것이다'라는 요지의
독후감을 썼고, 늘 엉뚱한 짓만 하는 녀석이

이번엔 역사에 있는 사실을 가지고
선생님을 곤란하게 하는 것으로 생각하셨는지
일주일간 변소 청소를 명하시는 것이었다.

말없이 청소를 했으면 끝날 것을
왜 그리 억울한지 청소를 하지 않았다.
장군이 훌륭하지 않고 영웅이 아니란 얘기가 아니고,
'낙마를 했지만 그런 시련을 딛고 훌륭한 인물이 되었다'라고
쓰여져야 한다는 뜻으로 독후감을 제출했고
성인이 된 지금도 그 생각에는 변함이 없다.
표현력의 문제가 있을지는 몰라도 내 뜻은 그것이었다.
청소를 하지 않다 보니 어린놈이 선생님에게 반항한 꼴이 되고
종래는 부모님을 모셔 와라, 수업시간 중에 무릎 꿇고 팔 들고
잘못을 뉘우칠 때까지 벌을 서고
집에 오면 선생님 말씀도 안 듣는 못된 놈으로 눈치를 받았다.

하지만 난 끝까지 굽히지 않았다.
그 당시 자식의 허물로 선생님에게 불려가는 것은
부모님에겐 크나큰 변이었다.
지금처럼 자기 자식 뺨 한 대 때렸다고
학교에 찾아가 학생들 앞에서 선생님을 폭행하고
학생 자신이 휴대전화로 경찰에 선생님을 신고하는
이런 세상은 상상도 할 수 없었다.

그때의 기억은 성인이 된 지금까지도 머릿속에 생생하고
지금이라도 위인전은 바뀌어야 한다.
위인이 아니라는 이야기가 아니고
그때의 사회상을 재조명해 평범한 사람들이
각고의 노력과 시련을 극복해 성공하는
구성이 달라져야 한다는 이야기다.

에디슨은 천하의 말썽꾸러기였고
영국의 처칠은 낙제생이었다.
하지만 그들은 그러한 과정에서도
노력을 해 업적을 남겼다.
이것이 바로 위인전이고 후대의 귀감이 될 수 있는 것이다.
요즘 아이들은 한때 말썽을 피우는 시기가 있다.
미운 일곱 살이라고 사소한 말썽을 피우다가
사춘기 때 또 한 번 시련기를 맞고
그러한 과정에서 자아를 찾고 성장하게 되는 것이다.
지금 누가 위인전을 보느냐마는
그때의 기준이라면 지금도 그렇지만 이후로도
우리나라의 인물은 하나도 없을 것이다.
이미 크든 작든 간에 말썽을 피웠으니
위인이나 훌륭한 사람이 되기엔 이미 물 건너 간 것이다.

하긴 요즘에 와서도 별로 달라진 것은 없다.

대통령을 배출한 경상도 어느 고을에서 홍보책자를
관 주도로 발간을 했는데
그 내용이 예나 지금이나 달라진 것이 없고 천편일률적이다.
태몽도 예사롭지 아니하고 어릴 때 자라는 과정도
남과는 다르고 특별히 뛰어난 재능과 명석한 두뇌를 가졌고
무엇이든 또래들과는 달랐단다.
지금도 위인전을 읽고 내일을 꿈꾸는 학생들이 있을지 모르지만
교과서에는 수록이 되어 있고
요즘 갑자기 TV에서 해상왕 장보고나
이순신 장군을 주제로 한 역사물이 방송되다 보니
새삼스럽게 지난 일이 생각나고,
너무 개인주의로 흘러 상대를 인정하지 않는
각박한 세태로 이어지는 것은 아닌지 염려스럽다.

개성도 중요하고 집단의 구성원이라는 조직의 일원도 중요하다.
잘못된 위인전처럼 특별하지 않아도 훌륭한 사람은
얼마든지 될 수 있다.
레저 최상위권의 인구 분포를 갖고 있는 낚시계에
믿고 의지할 수 있는 버팀목이 없고 문화를 선도하고 계몽하는
올바른 단체 하나 없는 현실이 서글프다.
더불어 사는 세상, 상대를 이해하고 마음을 여는 것이 중요하다.
자기 분야의 최선을 다하고 집단에서는 자신을 희생하는 사람,
그가 바로 이 시대의 진정한 위인이다.

문화관광부가 서울대 스포츠과학 연구소에 의뢰해 실시한
'2006년도 국민생활체육활동 실태조사'에서
국민들의 여가활용방법 중 운동 및 스포츠활동 비율이
처음으로 TV 시청을 앞지른 것으로 나타났다.
주5일 근무제와 웰빙 열풍으로
스포츠 활동이 대표적인 여가활동으로 자리 잡아가고 있고
이 연구 결과를 바탕으로 문화관광부에서는
생활체육시설의 균형적 배치 및 공공시설의 활용도를 높이고
국민의 과학적인 체력관리 시스템 구축방안을 마련하는 등
정책을 수립할 계획이라 한다.

자연을 상대로 하는 레저 스포츠로
등산과 낚시가 대표적인데 아무리 눈을 씻고 봐도
낚시에 관한 얘기는 없다.
등산은 당연히 상위권에 포진해 있으며
정책수립 또한 우선권을 갖고
등산로 정비 등을 할 모양인데
등산 인구 못지않은 저변을 확보하고 있는 낚시는
분명 생활체육 속에 한 단체로 법적 지위를 인정받으며
포진해 있는데 조사 기관에서 낚시를 예외로 했는지
아니면 조사 대상자들이 낚시에 관한 이야기를
하지 않았는지 모르지만 서운하다 못해
분통이 터진다.

낚시전문방송에서 프로그램을 진행하고
낚시와 관련된 행사를 주관하며
거의 매일을 낚시현장에서 생활하고 활동하는 입장이다 보니
자주 공중파의 낚시 관련 프로그램 자문이나
출연 제의를 받곤 한다.
짧은 역사에도 불구하고 낚시 전문 방송이
낚시문화에 기여하고 낚시에 대한 관심을 고취시켰으며
낚시를 생활 속에 뿌리내리는 데 기여한 공은 참으로 크다.
하지만 낚시를 취미로 하는 낚시인들이 아닌
일반인들을 고정 시청자로 확보하기에는

분명 한계가 있고 공중파에서 가끔 비중 있게 다루어진다면
그 위상은 한결 격상될 것이고
낚시에 대한 사회적인 인식 역시 새로울 것이기에
우선하여 응하곤 한다.
우연의 일치인지 모르지만 새해 들어 벌써 두 번째
공중파에서 낚시를 소재로 한 협조 제의에 반가운 마음으로
장비를 점검하고 현장 섭외 등 만반의 준비를 마치고
겨울답지 않게 햇살도 눈부시고 기온도 포근한
1월의 셋째 주 토요일,
겨울 낚시의 백미인 갯바위 감성돔낚시 및 선상 열기, 볼락낚시
촬영을 위해 바다낚시의 메카라는 여수를 찾았다.

토·일요일 촬영에 월요일 방송이라는 빠듯한 일정도 일정이고
수온이 낮은 계절에 수많은 인파가 몰리는 주말 조황은
불 보듯 뻔할 것이라는 우려도 있었지만
공중파에 낚시를 한 번이라도 더 노출시키고
스케줄을 내 맘대로 할 수 있는 입장도 아닌
절대약자(?)인 주제에 사족을 달수도 없어
내심 불안한 마음도 없지 않았지만
황금물때에 여수를 찾은 수많은 낚시인들이 있는데
시원한 몇 장면 만들지 못할까 하는
자신감에 의기양양 갯바위에 나섰는데
아뿔싸! 시집가는 날 등창난다고

이웃나라 일본에서나 종종 일어나던 지진이
하필이면 주말에 한반도를 흔들고
약속이나 한듯 여수 앞바다의 감생들이 입을 닫아버렸으니
타는 속을 누가 알까?

한반도 어디에선가 지진이 일어나면
민물이나 바다나 입질 뚝이라는 사실은
익히 경험으로 알고 있었지만
처한 입장이 입장인지라 호언장담 했던 나는 어쩌란 말인가.
얼음낚시대회가 열리는 원남지는
일천오백여 명의 낚시인이 모여 대회를 하는데
한 마리의 붕어도 낚이지 않아 난리이고,
동해안에서는 오징어가 잡히지 않아
어부들이 울상이고,
나 역시 금오도, 안도, 연도로 낚싯배 선장 몰아 세워
이삭줍기로 올라온 미아 성 감성돔 몇 마리에
안도의 한숨을 쉴 수 있었다.

내 자신이 낚시인이고
일반인들에게 낚시를 눈으로라도 맛보게 할 수 있으니
까짓것 좀 고생하면 어떻고,
공중파도 요즘은 아웃소싱, 거의가 외주 제작이라
출연료는 고사하고 경비도 눈치 보는 판에

주머니 깊숙이 숨겨놨던 비상금 깨지는 거나
개인적인 친분으로 동원한 현지 점주나 낚싯배 선장님에게
듣기 좋은 말로 낚시문화니 저변 확대니 지껄이며
속으로 어떨지 몰라도 겉으로는 끽소리 못하게
하는 것까지는 감수하겠는데
매번 문제가 되는 불만스런 것이 이번도 예외는 아니었다.
공중파에서 보여 주는 키포인트는
바로 현장에서 낚아서 먹는 장면이고
이번 역시 예외가 아니었다.

낚시가 자연을 상대로 얼마나 정신적인 풍요를 느끼고
자연 속에서 역동적으로 대처하니
육체적인 운동 효과에 자연의 무궁무진한 섭리를 느낄 수 있어
심신으로 어느 레저 스포츠 못지않다는 것을 알리고 싶고
과정 하나하나를 소상하게 보여주고 싶은데 기대와는 달리
낚는 것이 아닌 잡아먹는 것이니
매번 느끼는 씁쓸함을 지울 수 없다.

세계 어느 민족보다 우리는 뿌리를 중요시하는 민족이다.
정체성에 유난히 가치 부여를 하는 것 또한 우리 민족이다.
그렇다면 인류의 생존수단의 한 방편이었던 낚시야말로
가장 각광받는 현대의 레저 스포츠 아니겠는가?
뿌리나 정체성으로 따진다면

따라올 레저 스포츠가 무엇이 있겠는가.
사회의 온갖 제도를 바꿀 때(사실 세금 더 걷으려는 수작)는
꼭 선진국이 이렇게 하니까 해야 한다고 구실도 잘도 붙이면서
선진국에서는 대통령이나 정치인 또는 명사들이
자랑스럽게 낚시를 얘기하고
낚시가 생활 속에 자리를 잡았는데
언제부터 했는지는 몰라도 겉멋만 든 우리네 높으신 양반들은
골프 아니면 대화가 되지 않고
개인적으로 알고 보면 낚시를 즐기는 분들도
낚시에 '낚'자도 대중 앞에서 언급하지 않으니
무엇이 그리 낚시가 저급이고 입에 담지 못할 얘기란 말인가.

주변에서 만나는 낚시인 중에,
몇 백만의 낚시인 중에,
낚시 떠날 때 가족의 살가운 배웅을 받는 자가 몇 명이나 될까?
낚시라면 무조건 반대하는 아내를 탓할 일도 아니다.
사회적인 분위기와 제도나 행정적으로
미운 오리 새끼 취급을 받는 한 영원할지도 모른다.
국민생활체육 속에 분명 낚시가 있고
늘 미움만 받는 오리 새끼가 아니어야 하고
낚시인 우리 모두 깨어 있어야 한다.

스승과 제자

"사부님! 7미터 수심에 맞췄는데 자꾸 걸려요. 어떻게 하죠?"
"조류가 자꾸 앞으로 밀려드는데 방법이 없나요?"
극히 기초적인 사항이지만 처음 갯바위 찌낚시를 접하는
초보 낚시인에게는 소품을 챙기는 일부터 채비를 구성하는 것까지
모든 것이 생소하고 어려울 수밖에 없다.
애교 반 사정 반 사부라 호칭하며 배우고 싶다며
따라나서는 초보자를 매몰차게 거절하며 뿌리치기란 결코 싶지 않다.
가을이 깊어지면서 봄까지는 붕어낚시가 제한적이라
늘 갯바위를 찾곤 한다.
경기낚시나 내림, 중층낚시로
방송이나 잡지에 노출이 많다 보니

붕어낚시만 하는 줄 알고 만나는 사람마다
바다낚시도 하느냐고 의아해하기도 하고
루어 대 들고 강가에서 꺽지나 끄리를 낚고 있으면
그 또한 신기한지 똑같은 질문을 받곤 하는데
사실 낚시는 한 장르를 좀 깊이 이해할 수 있으면
다른 장르 역시 접근하기가 용이하다.

국 끓이는 사람이 맛이야 그렇겠지만 찌갠들 못 끓이겠는가!
어떤 낚시이던 장비나 채비, 방법이 다를 뿐이지
낚시는 말 그대로 낚는다는 의미로 보면
그 맥이 같기 때문에 의외로 쉽게 접근할 수가 있다.
허나 현실은 취미로 낚시의 모든 장르를 섭렵하기엔
시간이나 경제적인 면으로 불가능하기 때문에
자기가 행하는 낚시장르나 방법 외에는
마음뿐이지 실행에 옮기기는 그리 만만치 않다.
붕어낚시만 하더라도 낚시를 시작하면 가장 먼저 접하는
붕어낚시의 기본이며 찌 올림의 미학이라는 바닥 낚시부터,
꾼의 영원한 꿈인 월척급 이상을 지향하는 대물낚시,
짧은 시간에 집중해서 결과물을 얻고
정해진 룰에 의한 스포츠적인 요소를 가미한
내림, 중층낚시까지 모두를 행하고 이해하기란 결코 쉽지 않다.

하지만 가급적이면 같은 장르의 기법 자체는

한 번쯤 시도해보길 모두에게 권하고 싶다.
붕어낚시인이 바다낚시 쪽으로 급선회가 아니더라도
민물 분야인 루어나 다양한 붕어낚시 기법을
경험하고 시도하다 보면 의외의 큰 소득을 얻게 된다.

다른 기법의 재미나 이해를 떠나 자기가 하는 방법의 사각지대를
객관적인 시선에서 발견할 수 있고
근래 들어 가끔 불거지는 배스에 대한 격렬한 논쟁까지도
합리적인 면으로 서로 접근할 수 있는 길이 보이고
이해를 하게 되기 때문이다.
습관적인 행위로 굳어진 불합리를
다른 기법을 통해서 깨달을 수 있으며
새롭게 가다듬고 좀 더 합리적인 방향을 찾고
무엇보다 가장 큰 소득은
이제까지 우리 낚시계의 고질적 폐단인
상대를 인정하지 않는 풍토를 쇄신할 수 있다.
상대를 인정하고 배려하는 것,
그 자체가 한 단계 상승하고 발전하는 것이다.
이쪽에서 내가 최고의 경지라 해서 저쪽을 무시치 말고,
내가 행하지 않는 낚시지만 그 또한 존중하며 인정하는 것이
내가 인정받는 방법이다.

지금이야 내림, 중층인구가 많아지고 이해의 폭도 넓어졌지만

90년대 후반만 하더라도 떡붕어를 대상으로 손으로 꼽을 정도의

중층낚시의 선구자들이 현장에서 수많은 시행착오를 겪고 있었고,

내림낚시는 타이완식, 또는 UP식이라는 이름으로

호기심 어린 시선을 받으면서 그 또한 어려움에 봉착해 있었다.

내림낚시로 굳어진 것은 그로부터 2년여가 흐른 시점이고

경기낚시의 활성화와 더불어 하나의 기법으로 자리 잡기 시작했다.

헌데 내림, 중층을 하고 있는 사람들의 이력이나 조력을 보면

보급은 몇 년 되지 않았는데 거의 모두가 십 년 이상이다.

어느 정도의 과장이야 있을 수 있다지만

이건 너무 지나치다.

그리고 하나같이 어떻게 접근했고

어떤 계기로 어떻게 시작되었는지는 말하지 않는다.

즉, 다른 예술의 장르처럼 스승이 누구이고

누구에게 지도나 자문, 가르침을 받았는지

그 또한 알 수 없으며 거의 자신이 스스로 터득했다 한다.

낚시의 스타로 우뚝 선 낚시인들 역시

누구의 영향을 받았는지 알 수 없다.

아주 가끔 아버지의 영향을 이야기하곤 하지만

그것은 낚시의 접근이지 기본의 완성은 아니다.

내림낚시를 하나의 장르로 보급하려고

이론 정리와 현장실습을 밤낮으로 하고 있던 1999년 어느 날,

낚시터에서 만난 40대 후반의 귀금속 사업을 하시는

안양의 P씨,
근래 들어 안 것이지만
사실 그도 내림낚시의 매력에 빠진 것이 아니라
미늘 없는 바늘 사용이 궁금해서 접근을 했고
1호 이하의 가는 줄로 붕어를 낚아내는 것이 신기해서 시작했다는데
그 후 종종 만나면 새로운 재미를 느낀다며
꽤 익숙해진 실력을 보이곤 하는데
꼭 사부님이니 스승님이라는 호칭으로
나를 쑥스럽게 하는 것이었다.

나이도 나보다는 서너 살 위고
조력으로도 빠질 것 없는 맹렬낚시인인데
궁금한 것이 있어 문의를 하기도 하고
낚시하면서 느꼈던 점 등도 스스럼없이 얘기를 하는데
호칭만큼은 변하지 않으니 깊이 생각해보면 그에게 내가
특별나게 전해준 것이 없는데 약간은 불편함과 미안함도 드는 것이었다.
하지만 그는 내림낚시의 접근 자체나
새로움에 눈을 뜨게 한 계기를 제공한 것이 바로 스승 아니냐며
지금도 변함없이 제자의 예를 갖추는 것이다.
그런 그가 드디어 바다낚시에 도전장을 내고
2007년도 저무는 마지막 달 초순, 연락을 해 왔다.
선상낚시는 가끔 해보았지만
아직 생소한 갯바위낚시를 해보고 싶으니

한 번 스승은 영원한 스승이니까 거절하지 말라며
대 못질을 해놓고 협박 반의 부탁을 하는 것이었다.

나야 뭐 거리나 구실이 없어 못가는 판에
한달음에 여수로 향했다.
갯바위에서 이박 삼일, 그에게는 처음부터 혹독한 시련이었다.
나는 나대로 무언가 보여줘서 스승에 대한 신뢰를 심어주고자
온 신경이 곤두서고 때론 귀찮고 지치고 힘들어도 내색조차 하지
못했다.
그렇게 처음 갯바위에 서고 두 번째 다시 거제로 향했다.
갯바위 감성돔낚시가 그리 녹녹한 게 아니지 않은가.
이박 삼일 시도한 거제도에서 갯바위 낚시,
역시나 그에게 안기는 감성돔은 없었다.
여수에서와 마찬가지로 옆에서 뜰채질만 신나게 하고
자신은 결과물이 없는데도 마냥 좋아 신나 하는 모습에
그나마 약간의 위안을 느끼며 돌아오면서 그에게 물었다.
"힘들고 재미없지요?"
"스승님! 무슨 말씀이세요? 너무 재미있습니다."
"오직 붕어낚시 취미 하나로 열심히 살았는데
이젠 자식들도 성장했고 노후를 걱정할 정도는 아니니
새로운 낚시세계로 빠져 보고 싶습니다.
한 가지 부탁하건데 성가시고 귀찮아도 버리지 마시고
제자로 받아 주십시오."

사실 낚시는 정식으로 누구에게 노하우나 지식을
전수받는 것이 아니고 현장에서 보고 듣는 것이나
방송이나 잡지 등 매체에서 이론으로 접한 것을
자기 자신에 맞게 바꿔가는 과정에서 자기 스타일을 만들고
이론을 정리하는 것이다 보니 스승과 제자의 개념정리가 모호하고
소위 앞서고 우뚝 선 선배들조차 낚시선배로서 존경받지 못하는 풍토가
누구에게 영향을 받았다고 자랑스럽게 이야기하지 못하는 현실이지만
이제는 욕심을 내보고 싶다.
낚시도 계보를 만들고 선배와 후배로 결속되는 문화를
정착시키고 싶다.
나의 스승은 아무개요,
나를 이렇게 낚시 쪽에서 활발히 활동 할 수 있게
이끌어준 사람은 누구라고….

뜻이 있는 곳에 길이 있다

누구나 살아온 과정을 되돌아보면 아쉬웠던 순간도 있고
잊지 못할 기억도 가지고 있다.
어렵고 힘든 감내하기 힘든 고통의 순간이나
좌절하며 실의에 빠졌던 순간들이
시간이 가고 세월이 흐르면서 잊은듯하지만
어느 날 갑자기 떠오르고 그것은 후회와 회한으로 가슴을 저민다.
이럴 때 이렇게 했으면 지금 내 처지가 이렇지 않았을 것이고
저런 상황에서 저렇게 대처했으면 그 결과가 정반대로 달라졌을 것이라
때늦은 반성을 하지만 이미 지난 일이고 되돌릴 수 없는 과거가
되어버렸다.

내가 개인적으로 가장 기억에 남고 이제까지 살아오는데
정신적으로 어려운 경우 그것을 극복하고 이겨낸 원동력은
남들은 허송세월이라 여기는 군대시절이다.
돌이켜보면 현실도피의 수단이 내 일생에 있어서
가장 큰 영향력을 발휘하고 그 자체가 버팀목으로
날 지탱해주니 아이러니함을 느낀다.
눈 감으면 코 베어 간다는 서울생활에
지치고 하루 세끼 살기 위해 목구멍에 넘길 것도
부족한 고달픔과 발바닥이 부르터라 뛰어다녀도
등록금이 턱없이 부족한 상태에서
에라! 군대나 가자, 먹여주고 재워주고
삼 년 동안 사는 것은 보장되는 것 아니냐.
어차피 국방의 의무는 해야 되고 세월이 흐르고
상황이 바뀌면 그때는 무슨 수가 생기겠지.

자포자기 상태에서 도피의 수단으로 선택한 것이
해병대 지원이었다.
헌데 결과적으로 해병대의 혹독한 훈련과정은
이제까지 내 자신이 살아오는 데 결정적인 영향을 끼쳤다.
모든 것을 잊기 위해 이를 악물고 뛰고 또 뛰다 보니
내 자신도 놀랄 정도로 체력이나 정신력의 무한함을 느꼈고
입대하는 순간, 한마디로 해병대를
모순과 불합리의 집합체라 정의했는데

묘하게도 그것이 합리화가 되는 것이었다.
도저히 인간의 한계론 불가능할 것이라 여겼던 것도
능히 극복하며 이겨낼 수 있었고
억제할 수 없는 자신감과 새로운 도전에 대한 투지가 살아나니
어떤 훈련이든 어떤 어려움이든 나에게는
새로운 도전 그 이상도 이하도 아니었다.

결과적으로 현실도피가 새로운 세계를 열어준 것이었다.
대한민국의 건장한 젊은이라면 누구나 군생활을 거치지만
군은 요령이라며 훈련에서 열외나 하고 이런저런 연출로 편하게 있다
전역을 한 사람들의 이야기를 듣다 보면 한심한 생각이 든다.

군이라 해서 별천지가 아니다.
그곳도 역시 인간에 의해서 유기적으로 움직이는
하나의 구성체이며 삶의 일부분이다.
결국은 열심히 노력하는 것이 요령이고
그 결과 또한 사회와 마찬가지로 실력을 인정받는다.
우리는 적당히 부대끼며 살아가야
사는 맛을 느끼고 사는 의미를 깨닫는다.
건강이나 가정, 경제적인 면 또는 인간관계에
아무런 마찰이나 트러블 없이 살아가기를 원하지만
그럴 수 있는 사람은 누구도 없을뿐더러
설령 그렇다면 무슨 재미로 살아가겠는가.

때때로 어릴 때 감자를 물에 씻던 기억을 떠올리며
살아가는 과정이 감자 씻는 것과 같다는 걸 느낀다.
자디잔 감자알을 하나하나 씻을 수 없어
큰 그릇에 넣어 물을 붙고 문지르면서 감자끼리 부딪치며
흙이나 이물질을 털어낸다.

마찬가지로 적당히 의식하고 부대끼며 살아가는 것이
바로 우리네 생활이요, 사는 방법이다.
이리저리 흔들리며 세상을 살다 보니 현실도피의 수단이
또 한 번 내 인생의 진로를 바꾸었다.
낚시를 좋아했을 뿐이지 사실 낚시에 전념하며 산다는 것은
꿈에도 생각지 못했다.
딴에는 열심히 살았고 하늘 높은 줄 모르고 날뛰다 보니
어느 날 벼랑 끝에 서게 되고 도저히 내 힘으론 감당할 수 없어
마음의 정리를 하고자 아무도 없는, 사람들의 시야에서 멀어지고자
숨어든 곳이 낚시터이고 그곳에서 또 다른 삶을 살게 된 것이다.
어느 정도 마음의 정리가 끝나고 다시 일어서려니
의욕은 물론이요 여력도 없고 마냥 낚시터에 퍼질러 앉아
몇 년을 보내다 어느 날 불현듯 이렇게 무의미하게 살아야 되는 것인가?
이게 바로 내 삶이며 내가 과연 살아 있는 것인가 의구심이 들고
살아있으되 죽은 것과 다를 바 없었다.
그동안 아무 말없이 묵묵히 평상으로 돌아오기를 기다리며
지켜보는 가족들의 얼굴을 볼 수가 없었다.

무엇이든 하자.
지금 내가 할 수 있는 것은 무엇인가?
그래, 몇 년을 물가에서 물고기와 씨름하고 있었으니
낚시라도 제대로 해보자.
어차피 경제력에 관한한 내 범주를 벗어났고 살아있다고
악이나 한번 써보자. 또 한 번의 현실도피가 결국은 낚시인,
낚시인생으로 굳어지고 말았다.
인간사 새옹지마라고 어떤 상황이든 어느 순간이든
분명 길이 있다.
해가 바뀌고 새롭게 시작되는 새해 아침,
내일은 분명 오늘과 다르리라 막연한 기대로 시작하지만
그 한 해가 다 가도 새로운 것은 없다.
낚시에 출중한 실력을 과시하고 낚시에 지대한 애정을 가지고
활동하던 낯익은 얼굴들을 이제는 볼 수 없다.
그들이 곁에서 떠난 것 외에 막연히 기대했던
새로움은 어느 곳에도 없지만
그래도 내일에의 바람은 접을 수가 없다.

우울증이다, 울화병이다 자살하는 사람들이 늘어나는데
왜 그토록 살려고 버둥대며 안타까워하는 자들은
떠나야 하는가.
연초에 했던 그 많은 기대는 어느 것 하나 충족된 것이 없는데
떠난 사람들의 빈자리만 휑하니 비어있다.

HECTOR
V-KOOL

공 로 패
성명 : 계류 이 갑 철 (PTV 제작위원)
귀하께서는 수년간 무한봉사의 마음으로 전국700만 낚시인들의 선두주자로 활동하시며 낚시인들의 권익보호와 낚시문화발전에 지대한 공헌을 하였으며 특히 낚시의 새로운 장르인 경기낚시 대중화 정착에 노력하신 열정의 깊은 감사를 드리며 경기낚시인들의 마음을 이패에 담아 드립니다.
2016년 5월 22일
한국민물프로낚시연맹회장 노 병 호

늘 뒤돌아보면 아쉬움뿐이지만 새해의 꿈 역시 접을 수는 없다.
정권이 바뀐다고 하루아침에 경천동지할 일이 일어나는 것이 아니요,
해가 바뀐다고 새롭게 변할 것도 없지만 언제나 새해에는 같이 부대끼며
늘 낚시터에서 만나는 얼굴들이 검게 그을린 그 모습
그대로 같이 갔으면 좋겠다.
산재한 수많은 어려움에 지쳐 쓰러지는 낚시인이 없었으면 좋겠다.
생명이 있는 한 희망은 있다.
좌절하지 말고 쓰러지지 말며 굳건히 지탱했으면 좋겠다.

기 좀 펴고 살자

아침에 일어나서 습관처럼 신문을 뒤적이다
어느 한순간 시선이 멈추었다.
상의를 벗어던지고 헐렁한 작업복 바지에
끈을 풀어 헤친 군화를 신은 한 사나이가
사진으로 보기엔 강이라 하기엔 좀 협소한 하천가에서
루어 낚싯대를 휘두르며 낚시를 하는 모습이었다.
바로 다름 아닌 블라디미르 푸틴 러시아 대통령이
우리나라 평창과 치열한 접전을 벌인
동계올림픽 유치전에서 승리한 후,
소치로 확정되도록 힘을 실어준 IOC 위원인
모나코의 앨버트 왕자를 초청,

감사의 표시로 러시아 내 투바 자치공화국을 방문하여
함께 휴가를 즐기며 낚시를 하는 모습이다.

평창이 우세하다며 자축 준비까지 마치고 자만했던 우리와는 달리
평소에 잘하지 않는 영어까지 사용하며
동계올림픽의 치열한 유치전에 뛰어들어
각국의 IOC위원들의 지지를 얻어낸 이면에는
러시아 대통령 이하 관계자들이 레저나 스포츠를 알고
대처했기 때문에 가능하지 않았나 생각된다.
헌데 우리나라는 낚시의 사회적인 위치가
왜 그리도 평균 이하의 대접을 받는지 모른다.
환경오염이나 수질오염이 거론되면
어김없이 등장하는 일 순위가 바로 낚시다.
심지어 범죄자들의 도피나 은신처로 거론되기도 하고
종종 드라마나 영화에 묘사되곤 한다.
특히 낚시를 모르는 일반 사람들이
낚시를 저급화로 생각하는 데 일조한다.

예전에 '섬'이라는 영화를 보고 아연실색하며
심한 모욕감과 괴리감을 느낀 적이 있다.
꽤 오래전에 영화가 나왔는데도
갑자기 수많은 케이블방송사들이 생기다 보니
남는 시간 때우려고 몸에 좋다며

먹을거리가 귀하고 영양결핍으로 힘들었던 60~70년대,
한 번 고아서 먹고 지붕 위에 던져 놨다
다시 고아 먹는 노루 뼈처럼 잊을 만하면
방영되곤 한다.

낚시 영화가 나온다 해서 잔뜩 기대했는데
감독이 무슨 메시지를 전하려 했는지 모르지만
말도 안 되는 설정에 섬뜩한 내용까지
이해가 되지 않는 엽기적인 내용이다.
여자 생식기에 멍텅구리 바늘을 집어넣어 잡아당기고
낚시를 여자 농락하기 위한 하나의 매개로 표현하고 있으니
낚시의 '낚'자나 알고 영화를 만들었는지 모른다.

경기도에서 몇 곳의 하천을 낚시 금지 구역으로 지정했고
앞으로 늘어날 전망이다.
이미 낚시터 허가를 내준 청평 주변의 설악면 등
일부 지역의 낚시터들이 그 대상이고
금지 이유가 낚시로 인한 수질오염 탓이라 한다.
툭하면 들이대는 떡밥의 수질오염.
허가내준 즐비한 음식점의 오폐수는 어떡하고
바늘에 콩알만 하게 달아 던지는 떡밥이 그리 문제란 말인가.
걸핏하면 국민의 삶의 질을 들먹이고 OECD국가 예를 들며
행정이나 제도를 뜯어고치려 애를 쓰는데

이제 낚시에 대한 사회적인 인식도 짚어봐야 한다.
서구문물이라면 우리의 정서나 현실과는 동떨어져도
죽기 살기로 받아들이면서 정작 가장우리에게 적합한 것은 외면하기
일쑤다.
좁은 땅덩어리에 늘어나는 건 골프장이요,
한적한 물가나 전원 풍경 주위는 러브호텔이나 고급음식점 천지이다.

지구 온난화로 아열대성 기후로 변하다 보니
강수량의 증가로 치수대책이 현안으로 대두되는데
한편에서는 물 부족 국가라고 위기의식을 부추긴다.
국토면적과 인구를 비례하면 비율이 낮다 보니
산술적인 계산으로 통계를 인용하는데 웃기는 이야기다.
꼭 물이 부족해서가 아니라 물 이야기 뒤에는 환경이 나오고
그 다음은 낚시가 주범으로 일정한 공식으로 등장하니 이것이 문제다.
어찌 보면 수학이 가장 비과학적인 학문이다.
하나 더하기 하나는 꼭 둘이 되는 것이 원칙이지만
현실적으론 아닌 경우도 많다.
열 사람이 열흘에 집을 짓는다면 백 명이면 하루에 지어야 하고
천 명이면 두 시간 반, 만 명이면 십오 분,
십만 명이면 서 있기만 해도 완성되어야 하는데
이것이 바로 통계나 공식의 모순이다.
여름장마가 끝나고 나면 댐이나 호수에 떠있는
수많은 부유물이 엄청나다.

산간 계곡부터 구석진 풀숲에 버려진 온갖 쓰레기들이
결국 한자리에 모이는 것이다.
온갖 생활쓰레기들이 호수의 절반을 덮는 경우도 있다.

당연히 뉴스가 되고 으레 그랬듯이 낚시인들이 주범이다.
낚시는 물과는 뗄 수 없는 관계인지라
떡밥봉지와 지렁이 통이 그 속에 끼어있으니
온갖 생활쓰레기도 철저하게 낚시인들의 몫으로 돌아온다.
냉정하게 생각해서 억울하지만 절반 정도가
낚시인들의 책임이라 친다 해도 나머지는 행락객이나
일반 국민들의 몫인데도 그냥 몰아붙이니 낚시인들은 죄인이 되어
마냥 당하고만 있다.
낚시를 전혀 하지 않는 것은 아닌데
드러내놓고 알리지 않는 것이 고매한 품격을 지닌
사회 지도층이나 정치권의 높으신 분들의 처세이다.
사실 우리가 생각하는 그 이상으로 많은 높으신 분들이 낚시를 한다.
무슨 죄 지은 것도 아니면서 숨어서 몰래 하며
언론이나 일반인에게 노출을 꺼린다.
이유인즉슨 일 안 하고 논다고 지탄받을까 두려워서이다.
똑같은 취미생활인데 왜 낚시는 쉬쉬하며 해야만 하는가.
정부 각 부처에 다른 많은 취미활동을 하는 모임이 있고
낚시도 있는데 늘 기죽어 있다.
좁은 국토에 고개만 돌리면 도처에 산재해 있는

넓은 골프장 잔디 위에서 운동으론 골프가 최고라며
열심히 골프공 날리는데도 바스트, 웨스트, 힙이
하나의 원통으로 삼위일체인 걸 보면 그건 아니 것 같고,
대형 비리나 정치적 사단은 꼭 골프장에서 은밀한 대화로 시작되는데
예전에는 요정이나 호화로운 술집이 그 진원지였지만
시대에 맞게 바뀐 것이다.

낚시의 저급화에 일조하는 것은
엉터리 영화나 낚시에 애정을 주지 않는 고관들만은 아니다.
돈벌이 수단으로 제품 같지 않은 낚시용품을 판매하는
업자에게도 있다.
말 그대로 차이가 나는 메이드 인 차이나도 문제이다.
특히 홈쇼핑 광고를 보고 낚시를 접해보려고
싼 맛에 구입한 사람들이 허접스런 품질에
시작부터 실망하니 시선이 고울 수 없다.
뭐니 뭐니 해도 가장 책임이 있는 것은
우리 낚시인 자신이고 특히 방송이나 잡지에 등장하는
일부 출연자나 전문가도 낚시의 저급화에 일조하는 것은 분명하다.
부족하면 부족한대로 모르면 모르는 대로
하나씩 진지하고 성실하게 배우고 깨우치며
낚시의 맛을 알아가는 것이 아니라
호들갑과 설익은 낚시이론을 주저리주저리 늘어놓으며
혼란을 주고 어지럽게 한다.

낚시는 하드웨어인 기본은 10%이고 소프트웨어인 융통성이 90%이며
하나씩 알아가는 과정이 바로 낚시의 맛이다.
각자의 융통성을 모두가 원칙이라고 목청을 높이니
접근을 어렵게 하는 것은 물론이요, 융화나 화합에도 악영향을 끼친다.
자연의 오묘한 섭리나 이치를 통달한 자 누구란 말인가.

광복절 아침에 받아든 신문 한 편에 실린
러시아 대통령의 낚시하는 사진 한 장이
늘 묵직했던 마음속에 유난히 가슴 깊숙이 여운을 남긴다.
세종로 일 번지 청기와 집에 낚시를 좋아하는 "쨍아 오빠"가 한 명만
있다면 OECD에 가입되어 있는 다른 국가들처럼
낚시가 제 위상을 찾을 수 있고
대통령이 휴가철에 낚싯대 휘두르는 모습을 우리도 볼 수 있고
기 펴고 당당히 낚시를 할 수 있을 텐데.

토끼의 생존전략

토끼는 매우 연약하고 온순하며
인간에게 가장 친근하고 사랑스런 동물이다.
약하지만 선하며 영리하고 지혜로운 동물로
별주부전에서 보여주는 기지나 조선시대 민화 속에 나오는
보름달 속 계수나무 아래서 방아를 찧는 토끼부부의 모습은
우리 조상들이 평화스럽고 풍요로운 이상세계에서
아무 근심걱정 없이 살기를 소망했음을 알 수 있고
장수나 부부애를 상징하기도 한다.
하루하루 숨 가쁘게 돌아가는 현대사회에서도
가장 이상적인 행복한 가정을 묘사할 때
가장 쉬운 표현으로 여우같은 마누라와 토끼 같은 자녀가 있는

안락한 가정을 우선으로 꼽는다.

성적 능력이 모자란 남자를 토끼에 비유하기도 하지만
그것은 종족 번식을 위한 토끼만의 수단이니
하나의 비유일 뿐이다.
포유류로서 토끼목 토끼과에 속하는 토끼는
우리나라는 주로 멧 토끼가 서식하는데
집에서 기르는 굴 토끼와 우는 토끼도 있다.
생김새를 보면 귀는 길며 꼬리는 짧고
강력한 뒷다리로 이리저리 깡충깡충 뛸 수 있는 것이 특징이다.
그러다 보니 어떤 위험요소가 닥치면 무조건 뛴다.
대항할 힘도 없을 뿐만 아니라 덩치도 작으니
살아남는 방법은 그저 뛰는 방법밖에 없으니
죽어라 뛸 뿐이다.

토끼는 목적지나 방향도 없고 작전도 없이
그냥 무조건 뛰는 것처럼 보인다.
앞다리는 짧고 뒷다리가 길어서 비탈에서
밑으로 몰리다 보면 뒤집히고 뒹굴고 어려움을 겪지만
위쪽으로 뛰게 되면 길어서 추진력이 강한 뒷다리의 위력이
실로 대단하다.
토끼를 쫓는 상대편 또한 좌충우돌 무작정 뛰는 토끼를
대처할 방법을 강구하지 못하면 헛힘만 뺄 뿐이다.

아무리 약해도 살아가는 방법이 있고
나름대로의 지혜는 가지고 있기 때문이다.

중년 이상의 나이에 시골이 고향인 사람들은
어쩌면 한 번쯤은 어려서 토끼몰이나 올무를 사용해서
토끼를 잡아 본 기억들을 갖고 있을 것이다.
먹을거리와 놀 거리가 시원찮고 농한기인 한겨울,
발목까지 빠지게 눈이 내려 온 세상을 하얗게 덮게 되면
본격적으로 토끼사냥이 시작된다.
토끼몰이라 해서 무작정 많은 사람을 동원해
무조건 몰아가는 것이 아니다.
눈이 내려 푹푹 빠지는 상황에서 도망가는 토끼도 힘들지만
몰아가는 사람은 그 몇 배 힘이 들고
그렇게 해서는 결과를 얻을 수 없다.

아무리 만물의 영장인 인간이라지만
뒤를 쫓아가서 토끼를 잡을 수 있겠는가.
토끼의 습성을 이용하는 방법인데 의외로 단순하다.
그것은 토끼는 사람이나 짐승에게 쫓기면
종래는 반드시 제자리로 되돌아오는 습성이다.
무작정 뛰는 것 같지만 사실은 천방지축 무원칙으로 뛰다가
결국은 제자리로 돌아오는 것이다.
그리고 평소에도 일정한 동선을 축으로 먹이를 찾고

활동하는 것 또한 알 수 있다.
자귀나무나 칡넝쿨 등이 있는 곳에 일정하게 배설물을 남기고
그런 곳을 중심으로 그물이나 올무를 놓으면 어김없이 걸려든다.
토끼의 생존전략이 무조건 뛰는 것 같지만 거기엔
나름대로의 원칙과 방법이 있고 그 방법을 알고 있는
인간에게는 통하지 않지만 토끼에게는 최상의 생존전략이고
무조건 뛰는 것만이 토끼가 사는 방법이다.

물이 있는 곳이나 물고기가 있는 곳이면
어디든 달려가는 것이 낚시인이고
우리 모두 낚시인입네 물가를 찾지만
낚시인으로 최소한의 도리와 예의는 갖추어야 한다.
아무리 제 잘난 맛에 살고 낚시가 취미생활의 일부이며
자기만의 만족을 찾는다지만 어쩌면 그리 무질서하고
몰염치한지 모른다.
낚시 금지 구역에서 몰래 들키지 않고 낚시한 것을
무용담 삼아 이야기하고 금어기에 대상어를 낚은 것을 쉬쉬하며
감춰도 모자란 판에 전문가 행세에 어부 흉내 내는
남해안 감생이 카고나 훌치기 조과 자랑에
침 튀기는 자들을 보면 못내 한숨이 나온다.

잡는 것과 낚는 것의 차이가 무엇일까?
이 문제에 대해 약간의 억지를 부려도 될 것 같다.

생계를 위한 영리수단으로 포획하는 것은 잡는 것이요,
취미로 행하는 낚시는 취미생활의 일부로 낚는 것이다.
쓰레기 문제를 아무리 떠들어도 낚시터마다
산처럼 쌓이는 쓰레기가 아직도 여전하고
갯바위마다 구석에 처박힌 비닐이나 음료수,
도시락의 잔해는 태풍이 오기 전까진
오늘도 그대로인데 잡는 것과 낚는 것의 용어 정리가
뭐 그리 중대한 일이랴마는 참으로 이상한 일은
만나는 낚시인 모두가 하나같이 쓰레기문제를 걱정하고
자원의 고갈이나 환경문제를 고민하는데
낚시터 현장은 변화가 없고 개선될 줄 모르니
이것 또한 미스터리다.

토끼가 살기 위해 무작정 뛰는 것 같으면서도
하나의 틀을 가지고 있듯이 취미를 위해 행하는 낚시지만
낚시도 기본은 지키고 또다시 그 자리에 되돌아올 터
단순한 행동패턴만 보자면 토끼의 생존전략과 다를 바 없다.
토끼의 생존의 문제지만 우린 즐기기 위한 수단이 다를 뿐이다.
오늘도 우린 물가를 향해 뛴다.
내일은 어느 곳인가 수로를 향해 또는 저수지나 댐을 향해,
이름 모를 소류지를 찾아 뛰고 날이 저물고 또다시 태양이 떠오르면
바닷가 어느 방파제에, 파도소리 외로운 섬 갯바위를 향해
뛰고 또 뛴다.

하지만 아무리 맹수에 쫓기는 토끼 마냥 무조건 뛴다 해도
결국은 그 자리다.
약하고 온순한 토끼는 살기 위해 뛰지만 우리는 취미를 위해 뛴다.
뛰고 뛰어본들 다시 오는 그 자리.
편한 마음으로 아늑함을 느끼려면
그 해답은 바로 낚시인, 우리의 처신에 있지 아니한가!
소류지를 찾아 나선 길,
어둠이 내리는 산길에 귀를 쫑긋 세우고
저녁거리 찾아 나선 앙증맞은 토끼 한 마리가
내 발길을 잡는다.

떠난 자, 남은 자

9층에서 바라보는 창밖은 을씨년스럽기 그지없다.
열병합 발전소 높은 굴뚝에서 내뿜는 회색 빛 연기와
병원 뒤쪽의 야트막한 산자락에 뿌리내린
활엽수의 앙상한 모습이 내 마음을 더욱 스산하게 한다.
"너무 늦게 오셨네요, 어쩌다가 이 지경이 되도록
모르고 있다 이제야 오셨습니까?"
"길어야 삼 개월, 의학적인 판단으로는 어떤 방법도 없습니다.
환자분이 원하는 것이면 무엇이든 해 주시고
마지막 정리할 기회를 갖게 하십시오."
극히 사무적인 어조로 한마디씩 하는 의사의 말에
순간 멍하니 머릿속이 하얗게 비는 충격이 온몸을 감싼다.

육 남매 중 둘째, 늘 장남의 그늘에 묻혀 희생을 강요당하고
동생들에겐 양보만 해야 하는 어정쩡한 위치가
바로 형제가 많았던 우리 세대의 차남이다.
아무리 어려운 충청도 시골이지만
장남은 항상 다른 형제보다 모든 것에 우선이었으며
능력을 떠나 장래의 기대를 한 몸에 지는 그런 자리로
형제가 말썽을 피워도 책임을 피해가고 둘째는 잘못도 없으면서도
모든 것을 뒤집어쓰며 살아왔다.
장남에겐 무조건적인 믿음과 사랑을 주고
전답을 팔아서라도 공부를 시키지만
차남은 언제나 천덕꾸러기 신세인데
그러면서도 아무 말 없이 묵묵히 살아오던 차남,
바로 나의 아우가 간암 말기 판정을 받은 것이다.
그로부터 100여 일, 그 사이 미이라처럼 말라가는 모습을 바라보며
안타까워하는 우리를 남겨두고 기어이 눈 내리고 2008년이 저무는
크리스마스 다음 날 멀리 떠나갔다.

그토록 열심히 하더니 전문 낚시인이 되었다며
정작 나보다도 더 좋아하고 제대로 낚시용품 하나 챙겨주지 못하고
어쩌다 찌라도 하나 줄라치면 어린아이마냥 즐거워하며
일 년에 겨우 한두 번 낚시터에 동행하면
들떠서 어찌할 바 모르던 사랑스런 아우,
형제 이전에 힘들고 어려울 때 눈빛만 보고도 마음을 알아주고

나를 이해해주던 속으로 최대의 후원자이자 낚시친구인
아우의 빈자리는 너무도 크고 허전하다.
“형 거짓 없이 내게 얘기해줘. 나 다시 일어서기 힘들겠지?
형이 바쁜 건 알지만 형하고 일주일쯤 같이 여행하면 안 될까?
나 아직 제주도도 가보지 못했는데
형과 같이 낚시터에 나란히 앉아 무늬오징어도 낚고
먼 수평선도 보고 싶어”
“그래 가자! 바쁘다는 핑계로 살기 어렵다는 구실로
너무 무심히 살았구나!”
처음이자 마지막인 일주일간의 긴 여행이 이승에서의
마지막 정리인 것을 말하지 않아도 서로 알고 있었다.
병원의 담당의사도 정리할 시간을 주어야 하니
보호자가 어려우면 담당의사로서 본인에게 알려주겠노라는 것을
간곡히 만류하고 내 스스로 말해주지 못했지만
이미 본인 자신이 알고 있음에 더욱 가슴은 미어지는 것이었다.

기운이 없어 휠체어에 앉아 서귀포 방파제에서 낚여 올라오는
무늬오징어를 제압하지 못하면서도 끝까지 낚싯대를 움켜지고
놓지 않으며 애써 고통을 참고 우리를 배려하는 그 모습이
더욱 내 마음을 아프게 한다.
나 이상 낚시를 좋아하면서 무겁게 어깨를 짓누르는 삶의 무게와
이겨내기 벅찬 현실 때문에 마음 놓고 낚시 한번
제대로 다니지 못해서 언제나 그것이 마음에 걸리고

물가에 앉으면 꼭 한 번씩 미안한 마음을 갖게 하며
세월이 흐르고 노년이 되면 나란히 낚싯대 드리우고
낚시친구로 살자 했는데 그 꿈을 이루지 못하고 떠나려 하는 것이다.
참 많이도 울었다.
눈치 챌까 두려워 소리 내지 못하고 속으로만 일주일 내내 울었다.
휠체어를 밀며 눈에 들어오지도 않는 관광지를 돌면서
아무것도 해주지 못하는 무기력 때문에 울었고
평생을 선하게만 살아온 아우가 왜 이렇게 시련을 겪는지
안타깝고 가여워서 울었고 하나님이든 부처님이든
신이 있다면 그것은 거짓이라며 야속해서 울었다.

마지막 떠나는 순간까지 못난 형을 찾으며
이미 풀려버린 동공에 단어가 되지도 않는데 무언가
말하려고 안간힘을 쓰다 주르르 눈물을 흘리더니 내 곁을 떠났다.
마지막 입 속에서 표현하지 못했던 그 의미를 난 안다.
가족을 부탁하고 내 몫까지 살라는 제주 여행길에서의
마지막 당부가 아니더라도 난 아우의 마음을 알고 있다.
낚시인의 길을 포기할까 하는 순간에 늘 힘을 실어주고
형의 길은 낚시뿐이라며 최고가 되라며 응원해주던
아우의 뜻을 난 알고 있다.
한 줌 재가 되어 납골당에 안치된 동생의 영정을 바라보며
이제는 편히 쉬라 빌어보지만 가슴속에 옹이 되어 박혀있는
회한은 죽는 날까지 나를 옥죄리라.

"형! 형을 믿어. 형이 자랑스러워.
어릴 때나 지금이나 형은 나에 우상이야."
무엇을 믿고 무엇이 자랑스럽단 말인가!
언제나 그늘에 묻혀 숨소리도 절제하며 살아왔으면서도
불평 한마디 불편한 기색 한번 내색하지 않았는데
떠나기 며칠 전 생생한 의식으로 마지막으로 남긴
비운의 차남, 내 아우의 당부의 말.
"형! 나는 한 번도 내 의지대로 살아보지 못했어.
하지만 형은 형이 가는 그 길, 낚시의 길. 절대 포기하지 마.
무엇인가 결과물이 없을지라도
뜻을 세우고 정진하는 그 자체가 절반의 성공 아니겠어?"
사실 아우의 당부가 아니더라도 내가 할 수 있는 것이라곤
오직 낚시밖에 없다. 잘하고 못하고를 차치하고
해온 것이 낚시이고 할 줄 아는 것이 낚시뿐이니
죽는 날까지 낚시인으로 살아갈 수밖에 없다.
회의를 느끼고 나태해지려는 순간,
떠나간 사랑스런 아우가 나에게 힘을 주리라.
부족하고 모자라지만 최선을 다하는 낚시인이 되라는
사랑스런 아우의 바람을 내 어찌 외면하겠는가.
물가에 앉으면 제일 먼저 아우의 얼굴이
일렁이는 수면 위에 찌 솟음과 함께 떠오르리라.

닭 잡는 낚시인

잡는 것으로 친다면 난 닭 잡는 낚시인이다.
낚시인이면 당연히 물고기를 잡아야지
웬 뚱딴지같이 닭을 잡느냐 하겠지만
잡는 것으로는 물고기보다 닭을 많이 잡은 것이
유감이지만 사실이다.
저수지나 수로에 가서 붕어낚시를 하더라도
살림망 드리운 지가 언제인지 모르고
갯바위에서 감성돔 낚시를 하면서도 부력 망 띄운 적이 없으니
새삼스럽게 고기 챙겨 집에 올 일 없고 며칠간 낚시를 한다한들
방송을 보지 않는 한, 잡는지 못 잡는지 알지도 못하면서
전문 낚시인이니 당연히 잡겠지 추측할 뿐이고

내가 원하지 않는데도 난
닭 잡는 낚시인이 되고 마는 것이다.

새벽같이 집을 나서다 보니 마음은 바쁘고
아침도 대충 고속도로에서
라면이나 가락국수로 때우고 싶은데
하루가 멀다 하고 집을 비우는 가장을 위해
새벽잠 설치며 아내가 준비한 아침을
외면할 수 있는 강심장을 가진 낚시인은
아마 없을 것이고 나 역시 예외가 아닌지라
까칠한 입맛 달래가며 몇 술 뜨고 집을 나섰다.
금요일의 고속도로는 대운이 튀지 않는 한
지체와 서행을 기본으로 하기에 여유를 두고 출발했지만
오늘따라 유난한 정체가 바쁜 마음을 심란하게 만든다.
평소 같으면 안산에서 두 시간이면 족할 거리인데
도착할 시간이 지났는데도 차는 겨우 서해대교를 벗어나고 있다.
얼마 전 완공으로 당진, 서산, 태안이 대전과 지척이 돼버린
당진 대전 간 고속도로에 올라서니 개통된 지 얼마 되지 않아
과속 카메라도 없겠다 한껏 만용을 부려본다.

주인 잘못 만나 영업용이 아닌데도 한 달이면
만km를 훌쩍 넘기는 거리를 늘 혹사당하고
피로에 쌓여 있으면서도 불평 한번 안 하는

자동차 계기판의 속도계가 더 나가지 못할 정도로
비명을 지를 때까지 가속페달을 밟아서
수덕사 요금소를 빠져 나왔다.

오봉저수지. 오늘의 최종 목적지이다.
봉서지 등 두세 가지 부르는 이름이 또 있지만
네비게이션에는 그렇게 나와 있다.
주변 여건 때문에 기피하는 낚시인이 있는가 하면
오봉지 붕어는 신비의 약효를 가진 대단한 붕어라
속내를 아는 사람들만 야금야금 파먹는 곳이라는데
사실 여부야 알 바 없고 알려고도 하지 않지만
한 가지 분명한 것은 어자원이 많고
주변 경관이 수려한데 상류에 화장장이 있다는 거다.
지금이야 환경문제나 제도적인 규제로 그럴 리 없지만은
예전에 한때 화장해서 저수지에 유골을 뿌렸고
그래서 그런 이야기가 사실이든 아니든 전해진 것 같은데
밤에는 모르겠지만 낮에 보아서는 이만한 낚시터 찾기도
그리 수월한 일이 아닌 것 같다.

다른 곳 같으면 지천에 널려있는 쓰레기도
이곳은 찾아볼 수가 없고 군데군데 닦아놓은
낚시자리가 많은 것으로 보아선
낚시인들의 발길도 잦은 것 같은데

꽤나 쾌적한 상태를 유지하고 있는 것은
밤 낚시인이 많지 않다는 이유도 한몫하는 것 같다.
화장장으로 인해 기분은 좀 그런지 몰라도
내 입장에서는 일부러 찾으려 해도 찾을 수 없는
최고의 낚시터가 아닌가 싶다.
제방 밑에서 저수지를 바라보고 오른쪽 화장장으로 향하는
길목 입구에 그림 같은 팬션이 있고 잔디 정원 끝이
바로 낚시를 할 수 있는 포인트인데
이 층으로 되어 있는 단체가 묵을 수 있는 본체와
동화 속에 나오는 그림 같은 방갈로 형 두 채가
나란히 머리를 맞대고 있는데 오늘부터 삼 일간은 이곳 전체가
나의 휴식처이자 누구도 넘보지 못하는 우리들의 왕국이다.

자연적으로 생성된 조경수로 인해 시원한 그늘이
하루 종일 햇볕을 막아주는 마당 끝에 자리 잡아
낚싯대를 펼치고 미끼를 달아 몇 번 투척하니
씨알은 그리 크지 않아도 타이슨처럼 어깨가 떡 벌어지고
체고가 높아 유난히 힘이 좋은 토종 붕어가
줄줄이 낚여 올라온다.
배수로 인해 저수율이 절반에도 미치지 못하고
흔적으로 보아서 어제 이후 수위가 한 뼘 이상 줄어든 것 같고
지금도 배수가 진행 중인데 이런 상황에서도
대여섯 치 붕어들이 낚여주니 다행이다 싶다.

좀 있으면 하나둘 몰려올 멤버들을 생각하니
배시시 입가에 웃음이 배어나는 건
그들로 인해 왁자지껄 저자거리로 변할
이곳 풍경이 그려지기 때문이다.
늘 촬영이다 행사다 몰려다니는
못 말리는 챌린져의 천방지축 김태풍, 멀대 장덕수.
홍성 공리지의 황소 대가리의 주인공 장민수 군 부부,
이들 부부와 수많은 낚시터를 누비며 전국 어느 곳이라도
택시를 대절해서라도 찾아가는 맹렬 여성조사인 정 여사.
혼신의 힘을 기울인 남편 낚시꾼 만들기 대작전도 실패하고
이제는 포기했다 한다.
아직 정식 개장도 하지 않은 팬션을
넓은 벽면에 맘대로 낙서(?) 좀 하라고 성화를 부리는
이번 게릴라성 이벤트의 주인공인 이곳 주인장.
얼마 만에 맛보는 해방감인지 모르겠다.
늘 하는 낚시지만 오늘은 그 의미가 다르다.
우선 카메라를 의식하지 않아서 좋고,
스케줄에 눌려 시간적 제약을 받는 속박에서 벗어나니 좋고,
눈빛만 보아도 통하는 사람들이 끼리끼리 모이니 그 또한 좋고,
요리의 대가인 황소 대가리의 주인공 부부가 있어
맛있고 색다른 음식을 손수 만들어서 먹을 수 있으니
그 역시 즐거운 일이 아닐 수 없다.
오늘 먹을거리는 제발 이틀이 멀다 하고 먹어대는

닭고기에서 제발 멀어지고 싶다.
낚시터에서 최고의 대접은 으레 닭볶음탕이다.
그들은 대접한다고 최고의 음식으로 준비하지만
가는 곳마다 올라오는 닭다리는 헬스클럽에서 아령만 봐도
닭다리로 보여 경기가 날 정도니, 일 년에 내가 타의에 의해서
해 치우는 닭의 숫자가 웬만한 양계장 하나는
족히 아작 내고도 남지 싶다.
낚시를 하면서 붕어를 수없이 낚았으되
맹목석으로 죽여 본 적은 없다.
성가신 피라미가 낚여도 단언하건데 팽개쳐 본 적도 없다.
그 또한 생명체이고 굳이 죽일 이유가 없기 때문이다.
그런데 별로 좋아하지도 않으면서 국물 몇 숟가락 뜨고
감자 한 조각 먹는데 이틀에 한 마리씩 닭을 잡고 있으니
나도 모르는 사이에 닭 잡는 낚시인이 되고 마는 것이다.

이곳은 유료 관리형 낚시터도 아니요,
먹을거리를 황소 대가리 부부가 시장을 봐오기로 했고,
신선한 야채와 과일을 중심으로 하자고
부탁도 했을 뿐만 아니라 한 번쯤은 네발 달린 남의
살도 필요하니 적당히 알아서 준비하라고 코치까지 했으니
닭 잡는 낚시인의 지긋지긋한 굴레에서 이번만은 벗어날 것 같다.

하나둘 예정했던 사람들이 모여들고 주방에서는 굽고 지지고

난리법석에 푸짐한 상이 차려지기 시작한다.
무엇을 그리도 끓이고 삶아대는지 커다란 들통에
김이 무럭무럭 피어올라 뿌연 수증기가 주방 가득이다.
늦은 점심이라 모두 허기를 느끼는 판이니
김치와 고추장만 있어도 꿀맛이련만 더디기가 토사광란에
약 지으러 보내면 일 당하기 십상이다.
시장이 반찬이라니 반찬은 본인들이 갖고 있어
밥만 줘도 되련만 늦장을 피우고 있다.
딴에는 여유를 부린다고 "팀장님 식사하세요!"
한 번씩 번갈아 부르는 소리에 느긋하게 낚시의자에서 일어나
식탁에 이르니 이게 뭔가? 분명 너무나 눈에 익숙한
통으로 붙어 있는 아령 두 개씩이 올려져 있다.

헛것을 봤나 싶어 눈을 비비고 봐도
분명 발가벗고 누워있는 닭이 분명한데
트로트 가수가 꿈인 아내를 헌신적으로 외조하며
매니저 역할까지 하고 있는 제일 늦게 도착해서
한참을 어딘가에 다녀온 후배의 한마디.
"선배님! 날도 덥고 해서 닭 몇 마리 백숙으로 준비했는데
맛이 어떨지 모르겠네요. 두 사람이 한 마리씩이니 맛있게 드세요."

奸臣(간신)나라 忠臣(충신)

낚시점을 하면서 떡밥 한 봉지 팔고
심하게는 케미 1,000원어치 팔고 벌금 몇 십만 원 내는 경우가 있다.
무슨 황당한 경우냐 하겠지만 유감스럽게 사실이다.
바로 신고 포상금제도 때문이다.
떡밥 담아갈 비닐봉투 한 장이 실정법 위반이라
벌과금이 부과된 것이다.
신고자에게는 적게는 삼만 원에서 많게는 삼십만 원까지
포상금을 지급한다.
점주 입장에서 손님이 물건 구입하고 담아갈
비닐봉투 한 장 요구하는데
거절할 사람이 어디 있겠는가.

이런 맹점을 이용해 직업적으로 포상금을 노리는 자들도
한심스럽지만 처음 몇 군데서
당하고 나서는 대책 또한 걸맞게 생겼다.
계산대 옆에 문구 하나면 된다.
"모든 가격은 일회용 봉투 포함 가격입니다."
아니면 돼지 저금통 하나 놓고 "봉투 값은 이곳에 넣으세요."
시작도 그렇고 대책도 그렇고 한 편의 코미디를 보는 것 같다.
고자질만 잘하면 그것도 직업이 된다.
처음 교통법규위반 신고 포상금제도가 시행되었을 때
구조적으로 위반이 많은 길목은
전문적인 신고꾼들에게 황금자리였었다.
실제 포상금이 천만 원을 넘었다는 신문기사에
씁쓸한 미소를 짓곤 했지만
이제는 그 수를 헤아리기 어려울 정도로 많은 종목의
포상금제가 시행되니
가히 파파라치 전성시대를 보는 것 같다.

유료 회원제로 운영되는 포상금 부업 사이트가 있는가 하면
파파라치 학원도 생겨나고
선전문구 또한 걸작이다.
"초보들도 할 수 있는 저난이도 파파라치 비법"
"두 시간 투자로 월 1백만 원"
가장 큰 포상금은 내년에 시행되는 국세체납자

은닉재산 신고이다.

최고 일억 원까지이니 구미가 당기는 것이 사실이다.

그런데다 한 자리 한다는 위인치고 뒤 구리지 않은 사람이 없고

숨겨 놓은 재산 없는 이 없으니 이거야말로 노다지 시장이다.

불법, 부정선거 신고는 최소 5천만 원이요,

고액과외, 불법학원은 1백만~5백만 원.

청소년 성매매는 건당 2백~1천만 원,

가짜 양주 고발은 1백만~ 1천만 원,

거액 탈세는 포탈세액의 3~10%.

감사원에서는 부정부패 신고로 국가예산을 절감하면 10억 원의

포상금을 주는 감사원법도 만들었다 한다.

부동산 불법 중개나 교통사고 뺑소니, 불법 S/W복제,

신용카드 위장가맹, 담합행위,

부정불량식품, 신문경품제공, 증권불공정거래, 농지불법전용,

미성년 주류 판매, 일회용품 사용, 도서정가 위반,

환경오염, 쓰레기불법투기, 부정불량축산물, 불법약품처방 등

모두 사회악적인 요소이고 당연히 척결되어야 할 내용이다.

문제는 50건이 훨씬 넘는 이러한 불법행위 신고자에게

보상금을 지급하는 것이다.

전문적인 신고꾼, 고자질쟁이를 양산하는 파파라치 전성시대를

만드는 것이다.

어릴 때 아이들과 어울려 놀다 남의 집 장독대를 깬 일이 있다.
누구나 한 번쯤은 그와 비슷한 경험이 있을 것이다.
시골 출신은 남의 작물을 본의 아니게 훼손하는 경우도 있고
도시 출신은 좁은 골목길에서 공놀이하다 옆집 유리창을 깨는
일도 있다.
그럴 때 사건의 당사자를 지목하면 칭찬이 아니라
끝에는 꼭 설교를 들어야 했다.
고자질은 나쁜 거라고.
그런데 현대사회는 고자질만 잘해도 먹고산다?

잘못된 것은 당연히 고쳐야 한다.
나에게 직접적인 피해나 이득이 없으면 방관하는 것도
사실 문제지만 그렇다고 물질적인 보상으로
이웃을 고발하는 것 또한
우리라는 전체적인 틀을 깨트리는 것이다.
세계 10위권의 경제 위상에 걸맞게
문화의식을 갖도록 교육하고 계몽해서
많은 시간이 걸리더라도 의식개혁이 앞서야 하지 않는가.
대형사건이 나고 범인이 오리무중일 때
대개는 시민의 신고로 사건이 해결되고,
매번 포상금이 걸리지 않아도 신고가 쇄도하는 걸 보면
우리의 신고 정신은 포상금이 없어도 살아있다 생각되고
갖가지 불법은 법으로 명시되어 있고

국민의 세금으로 그것을 담당하는 공무원이 있는데
그들이 직무를 유기하거나 능력이 모자라
포상금으로 국민의 힘을 빌리는 것은 아닌지 모르겠다.
불법행위에 대한 시민의 감시 책임은 우리 모두에게 있다.
허나 포상금 때문에 증거수집 과정에서
미행이나 몰래 카메라 촬영 등 인권침해의 확산이나
자칫 가뜩이나 살기 어렵다고 푸념이고
사소한 일에도 민감해지는 현실에서
서로가 서로를 믿지 못하는 불신의 시대가 오는 것은 아닌지도
생각해 봐야 한다.

奸臣(간신)나라 忠臣(충신)
얼마나 간신이겠는가!
제발 포상금을 미끼로 신고하는 관습만은
만들지 말았으면 좋겠다.
많고 많은 직업에 고자질이 직업으로
자리 잡지 않았으면 좋겠다.
忠臣(충신)보다 오히려 奸臣(간신)이 더 나은 아이러니가 펼쳐지는
세상이다.

못다 했던 말

해마다 중부지방의 경우 현충일을 기점으로 모내기가 끝난다.
못자리가 시작되는 순간부터 배수가 낚시에 절대적인 영향을 미치고
낚시인들의 출조지 선정은 촉각을 곤두세우게 된다.
아무래도 수로 쪽이 우선순위이겠지만
상황에 따라서 어쩔 수 없는 경우가 있는데
바로 가족과 함께 나들이 삼아 일박 이상의 일정으로 떠날 때
숙박이나 취사 등 종합적인 상황을 고려해야 낚시도 충분히 즐기고
가족들에게도 최소한 낚시에 대한 긍정적인 사고를 심어주어야
두고두고 편안한 출조가 보장되기에 고심하며 낚시터를 선정한다.

내일이 현충일이자 토요일이고 모래가 일요일이니

이박 삼일의 황금연휴를 소위 자칭 열혈 꾼인 내가
그냥 지나칠 수는 없는 일.
그렇다고 모처럼의 연휴를 벼룩도 낯짝이 있다고
나 혼자 훌쩍 낚시가방 차에 싣고 내달릴 수 없어 고육지책으로
생각한 것이 초등학교 5학년과 6학년인 아들과 딸의
독립기념관 방문 현장학습이었다.
독립기념관 뒤쪽의 목천 저수지는 붕어가 득시글거렸고
만약 배수로 낚시가 여의치 않으면 배수의 영향을 받지 않는
인근의 관리형 낚시터인 행암 낚시터에서
잉어, 향어 손맛 파티를 즐기면 될 터
콧노래를 부르며 가속 페달에 얹은 오른발을 힘껏
밟는 것도 모자라 손바닥으로 무릎까지 눌러댄다.

해병대 출신답게 작전 한번 제대로 짜고
잔대가리 굴리는 것으로 따라올 사람 없는 낚시인이니
모든 것이 일사천리이다.
독립기념관 견학? 천만의 말씀, 만만의 콩떡이다.
고속도로 휴게소에서 이것저것 주전부리를 맛보는 것도
여행의 재미 중 하나요,
잡상인 상품은 사지 말라는 현수막 내 걸린 앞에
사계절 변함없이 버젓이 펼쳐놓은 온갖 잡동사니 구경도 새로운지라
속내 드러나지 않게 은근슬쩍 시간을 때우고
독립기념관에 도착한들 관람시간 끝나 굳게 잠긴 철문이

목 터져라 "열려라 참깨" 외친들 열릴 리 없으니
곧바로 낚시터로 내달았다.

기다렸다는 듯 밤새 이어지는 입질에 날이 새는 것도 모르고
살림망을 두 개나 걸어놓고 차근차근 채우다 보니
목까지 차올라 밑에 있는 놈이 압사할 지경인데
솔직히 말해 주위에서 밤새 담배만 빨아대며 입질 한번
제대로 못 보는 다른 낚시인들에게 똥폼 좀 잡으려는 치기가
손이 물에 퉁퉁 불었는데도 멈추지를 못하는 것이었다.
"아빠! 많이 잡았어요?"
방갈로에서 눈 비비며 일어나자마자 아들 녀석이
막 대형급 향어를 걸어 사투를 벌이고 있는
수상 잔교로 뛰어오며 아침인사를 한다.
"우와, 많이 잡았다. 우리 아빠 최고다."
순간 낚싯대가 세 동강이로 부러지며 대결은 싱겁게 끝났는데
눈앞에 걸어 놓은 살림망 하나가 보이지 않는다.
아뿔싸! 아들 녀석이 들어보다 낚싯대 부러지는 사단에
엉겁결에 물속에 떨어트려 밤새 낚은 전리품이 모두 사라진 것이다.

글썽이는 눈물을 참으며 고개를 숙이고 말없이 돌아서서
방갈로가 걸어가는 아들의 뒷모습을 바라보고 있는데
갑자기 가슴 깊은 곳에서 서글픔인지 슬픔인지
내 자신에 대한 모멸감인지 통곡이 나올 것 같은 기분이 든다.

물고기가 필요한 것도 아니요, 평소에 손맛만 보면 된다던 내가
어차피 철수할 때에 방류할 고기인데
남에게 자랑하려는 과시욕에 눈 부라리며 야단을 치고
머리통에 꿀밤까지 먹였단 말인가!
물고기가 뭐라고 아비로서 이리 못난 짓을 했을꼬.
잊고 지냈는데, 아니 의식적으로 잊으려 했는데
군에 입대하는 아들 녀석의 뒷모습을 바라보니 불현듯 기억이
되살아나고 그냥 보내서는 안 된다는 생각이 든다.
"준아! 너 어릴 적 낚시터에서 그 일 때문에 아빠가 미안했다."
"아빠도 참, 전 기억나지 않는데요."
"열심히 군생활 잘하고 건강하게 돌아올게요."

중학교 2학년 한겨울,
청산도로 아들과 단둘이 삼박 사일의 야영낚시를 떠났다.
갯바위에 텐트를 치고 아들은 세캄 민장대에 고등어를 낚고
난 잡어 틈에서 끈질기게 감성돔을 노리고 있었다.
우리 부자가 나누는 대화는 하루에 단 몇 마디.
끼니 되면 "밥 먹자" 해 떨어지면 "자자"
이틀째, 어둠이 내리는 시각, 긴 침묵을 깨고 아들이 입을 열었다.
"아빠! 왜 이곳에 저랑 왔는지 알아요, 죄송해요."
"그러니? 아무 말하지 마렴, 그럼 됐다."
"네가 살인을 했다 해도 네가 아니라고 하면 난 널 믿을 수밖에 없다."
"왜? 네가 내 아들이니까."

누구나 한때 그럴 수가 있는데 아들 녀석의 중학시절은 유난히
요란했다.
전학을 할 수밖에 없었고 학교를 옮기고 새롭게 시작한 것이
운동이었고 요란을 떤 만큼 운동을 열심히 했고
그때부터 아들에 대한 든든한 믿음이 생겨났다.
중학교부터 운동하느라 합숙소 생활을 하고
대학교 때는 기숙사에 있어 얼굴 보기도 어려웠고
군 제대 후에는 직장생활로 혼자 생활하다 보니
서로 얼굴 보기가 쉬운 일이 아닌데
종종 전화를 걸어와 어른스레 걱정을 하고 있다.
"아버지! 어디세요?"
"식사는 하셨어요?"
"운전 조심하셔요."
이제 내가 나이를 먹어 가는구나 서글프면서도
마음속으로 든든한 것이 사실이다.
"이 녀석아! 내가 아빠거든. 너나 잘해."
군에서 제대하자마자 직장생활을 시작한 녀석이
몇 달이 지나도 식사 한번 하자는 말이 없어 농담 삼아
"너 직장 때려치워라. 몇 달이 지나도록 월급도 안 나오는 회사를
다닐 필요가 뭐 있느냐" 말하니 그 의미를 알고 빙긋 웃으며
말없이 차를 끌고 나가 많이 전국을 다니시니 꼭 필요할 거라며
하이패스를 설치해오던 아들 녀석이 결혼을 한다.

상견례를 한다. 혼수를 준비하고 신혼집을 마련한다.
정신없이 뛰어 다녀도 난 철저한 방관자다.
네 일은 네 스스로 하거라!
어려서부터 이것만큼은 철저한 나의 원칙이다.
하다가 힘이 부치면 그때 도움을 요청하고 자문을 받아라.
허나 과정이나 진행사항은 항상 보고하고 오픈하라.
요즘은 내가 나이가 먹어서 그런지 조금은 미안한 마음도 들고
안쓰럽기도 하지만 원칙이나 기본에는 변함이 없다.
아들 녀석의 일생에 한 번뿐인 결혼식인데
많은 사람을 초대하고 축하를 받는 것이 좋겠지만
그냥 조촐하게 가까운 친지를 모시고 가족끼리 했으면 좋겠다는
나의 의견에 흔쾌히 동의하는 아들이 대견하기도 하고 고맙기도 하다.
혹 사돈집에 체면이 서지 않을까 염려했는데
선뜻 동의하는 녀석이 믿음직스럽고 아들의 친구로 집에 드나들며
종종 어울려 영화도 보고 식사도 함께하던 딸 같았는데
내가 시아버지가 된다니 신기하기도 하고 쑥스럽기만 한데
가정을 꾸미고 가장이 되는, 새롭게 출발하는 아들 녀석에게
더 늦기 전에 한마디 꼭 해야 될 못다 했던 말.

-아들아, 사랑한다. 그리고 널 믿는다.-

아무리 낚시가 좋아도 지나치면 독이 되고 해가 된다.
가장 큰 적은 욕심이다.

4장

그 섬에 가고 싶다

學歷(학력)과 學力(학력)

유난히도 변덕스럽던 지난여름,
이틀이 멀다 하고 내리는 비로 휴가를 망치고
오름 수위 특수를 기대하며 80년대 충주호의 전설을
재연해 보리라는 낚시인들의 꿈까지도 무참히 깨버리는
기상변화는 마치 홍두깨 같았다.
점차 아열대성으로 기후가 바뀌다 보니
몇 년 전부터 장마기의 일정한 패턴이
종잡을 수 없는 상태로 변하고
장마가 끝났다는 예보가 무색하게
곳곳에 집중호우로 물바다를 이루니
기상 관계자들은 바람만 불어도 좌불안석이요,

지탄의 대상이 되니 못해 먹겠다는 말이 나올 만도 하다.
일정기간 내리는 장마기를 이제는 범위를 넓혀
우기로 바꿔야 한다는 말이 거론된다.

낚시도 날씨와 밀접한 관계가 있어 기상예보에 민감할 수밖에 없고
기상캐스터의 한마디가 낚시업 전반에 절대적인 영향을 끼친다.
주말의 기상상황에 민감한 건 당연한데
어찌된 일인지 가는 날이 장날이라고
매 주말이면 어김없이 거의 비가 예고되고
지레 겁을 먹은 낚시인들이 아예 낚시 자체를 포기하니
낚시점이나 낚시터나 바닷가 낚싯배는 한숨만 나온다.
구체적인 통계를 내보진 않았지만
체감으로 느끼는 건 그중 절반 정도는 맞지 않는다.
특히 공중파 기상예보는 도를 넘는 호들갑이
위기의식을 증폭시킨다.
기상 오보로 인한 질책에 노하우가 생겨서인지,
아니면 첨단시대에 뒤떨어진 예측력 때문인지 모르지만
일단은 오버하고 보는 것이다.
어느 지역에 몇 미리의 비만 내려도 기상 예보는 거창하다.
판에 박은 이제는 누구라도 줄줄이 외우는 경고문구,
야외에서 활동하는 사람은 산사태나 낙뢰에 주의하고
농부들은 농작물 관리에 만전을 기하라.

안 온다고 했다가 오는 건 문제지만
온다고 했다가 안 오는 건 대수롭지 않으니
일단 비가 내릴 징후만 보이면 일단은 최악을 가정해서 발표가
우선이다.
예전의 일기예보는 중앙기상대의 관계자가 나와서 했는데
요즘은 각 방송사의 기상담당 캐스터가 있고
그들이 발표하는 것을 보면 정보를 한곳에서 받는데
같은 내용에 따라붙는 수식어나 형용사의 차이는
방송사별로 엄청나다.
시청률을 생명으로 하는 것이 방송의 생리이지만
설마 기상통보까지 시청률을 의식해서 나름대로 각색한다면
이건 정말 간과해선 안 될 일이다.
평범해서는 관심을 끌지 못하고 특별하거나 오버해야
주목을 받는 것이 방송이지만 시사적 상황이나 뉴스,
기상상태까지 오버하는 것은 도를 넘는 행위이다.

사실 오버하고 특별난 것은 도처에 지천이다.
우선 케이블방송의 경쟁적인 선정성이야 말할 것도 없지만
이제는 공중파까지도 아침 프로에
잠자리 부부 성적 만족도가 어떻고 주 몇 회는 해야
남자로서 대접을 받고 성적 능력에 따라
여자의 태도가 달라진다며 출연한 강사는 신바람이 난다.
거기에 한술 더 떠 아침 프로에서 성에 관한 얘기를 하려니

조금은 오금이 저렸는지 OECD 국가에 가입된
선진국대열이니 성에도 앞서야 한다며
미리 변명까지도 곁들이니 해도 너무 한다.
처녀 때 성폭행 당한 경험담을 앞세우며 성교육은
자녀들과 야동을 보며 설명하라는 말도 안 되는 괴변을 늘어놓는
인기 여강사의 강의에 오싹 온몸에 소름이 돋는다.

사회적 흐름을 주도하는 방송이 그러하니
일상의 모든 것이 오버 일색이다.
오버의 압권은 신정아 파문으로 속내가 드러난 학력 위조이다.
학력은 물론이요, 경력까지 위조하는
자기 자신의 과대포장화는 오버의 결정판이다.
비단 한 사람만이 아니고 사회 각 분야가 이 지경이고
대학교수, 연예인 등 줄줄이 사탕이다.
허긴 대통령을 지내신 어느 분은 몇 번의 출마와 낙마를 거듭하면서
출마할 때마다 학력이 달라도 종래는 대통령도 되는데
까짓 좀 오버하면 어떠랴마는 이래선 안 된다.

釣歷(조력)은 짧아도 釣力(조력)에서는
탁월한 낚시인들이 참으로 많다.
하지만 낚시는 어떠한 기본 지침서나 교본이 없다 보니
일정 기준에 의한 측정이 불가능하고
그 사람의 나이나 낚시에 입문한 시점을 기준으로 평가한다.

예전에는 낚시 이야기가 나오고 격론을 벌이다
이론적으로 궁지에 몰리면 최후의 한마디가
결정적으로 결론으로 작용한다.
"당신 낚시 몇 년 했어?" 이 말 한마디면
그 어떤 사족도 달지 못한다.
당당한 검증된 釣力(조력)이 釣歷(조력) 앞에 맥없이 무너지고 만다.
과학적 근거나 데이터를 이론적으로 제시하기 어렵다 보니
반론은 생각도 못하고 초등학교 교사 오래하면
자동으로 대학교수 되느냐고 뒤돌아서서 볼멘소리만 할 뿐이다.
낚시터에 나가는 횟수가 얼마인지 모르지만
나이가 좀 들고, 확인할 수 없지만 난 몇 살부터 낚시했다는
釣歷(조력)을 앞세우는 선배에게 낚는 것만큼은 누구보다 자신하는
젊은 후배라도 감히 釣力(조력)으로 대항하지 못한다.

물론 낚시가 꼭 많이 낚아야만 하는 것이 아니고
다른 분야와 달라서 많은 현장 경험으로
다양한 상황에 접해본 사람이 낚시의 참 맛을 아는 것이지만
사실 그런 낚시 선배들은 釣歷(조력)을 앞세워 결코 자신을
전문가로 과대포장하지 않는다.
오버는 釣歷(조력)에도 있지만 현재의 문제는
급조된 낚시전문가가 너무도 많다는 것이다.
방송에 출연하고 잡지에 소개되어 이름과 얼굴이 알려지면
전문가로 행세하니 이 또한 또 다른 오버이다.

방송이나 잡지의 기사라는 것이
연출자나 기자의 연출이나 편집 능력에 따라
얼마든지 내용이 달라질 수 있다.
그의 낚시에 관한 모든 것은 낚시터에서 검증되는데
자칫 생각 없이 하는 한마디가 얼마나 큰 혼란을 주고
어지럽게 하는지 그들은 알지 못한다.
한 예로 챔질이 정확해야 윗입술에
바늘이 걸린다는 잘못된 이론도
그것을 바꾸기까지는 오랜 세월이 걸렸다.

학력을 속이고 경력을 위조하는 것은
구조적으로 잘못된 우리 사회의 관행 때문이지만
객관적으로 그 사람을 평가할 때
우선 할 수밖에 없기 때문에 고민이 여기에 있고
언제까지 말썽은 지속될 수밖에 없다.
하지만 사회 분위기의 전환으로
능력 우선의 사회가 된다면 달라질 수 있다.
당신 어느 학교 나왔소? 學歷(학력)이 아닌
당신 이런 일 할 수 있소? 學力(학력)이 우선하는 사회.
바로 우리가 꿈꾸는 이상 세계가 이것이다.

무대응이 상책

과학적인 방법이나 공식으로 접근하면 도저히
해답을 찾을 수 없는 일들이 많이 있다.
특히 계절이 바뀌는 환절기에 가장 많이 찾아오는 질병이
바로 감기이다.
가장 많이 찾아오는 것이 감기지만
가장 쉽게 떨치는 것 또한 감기이다.
그만큼 감기는 쉽게 걸리는 병이고 치료 방법 또한 다양하다.
각종 질병에 현대의학으로 손을 쓰지 못하는 경우에
최후 수단으로 민간요법에 의존하게 되고
때론 그 방법은 놀라운 효과를 발휘하는 경우도 있다.

낚시인들 또한 물가에서 수시로 변하는 기온이나 바람에
가장 영향을 많이 받기 때문에 늘 감기 주변에서 생활하는데
비 낚시인보다 더 많이 콜록거리지 않는 걸 보면
자연 속에서 단련이 되어서거나
내성이 생긴 때문일 수도 있겠지만
자연스럽게 대처하기 때문에 신체적으로 적응하는 탓이라
생각된다.
내 경우는 좀 독특한 방법으로 감기나 몸살을 이겨낸다.
아무래도 움직이는 동선이 크면 육체나 정신적으로
많이 피곤해지고 감기에도 걸리고 몸살에 시달리기도 하지만
기억에 있는 한 한 번도 병원에 가거나 앓아누워 본 일이 없다.
물론 선천적으로 타고난 체력 탓도 있겠지만
그렇다고 감기나 몸살에 걸리지 않는 것이 아니고
이겨내는 방법을 내 방법으로 한다는 이야기다.

쉽게 말하면 철저히 무시하는 방법이다.
하루 세끼 먹는 것을 입맛이 없어도 두세 번 더 먹고
바닥이 뜨끈한 방바닥에 누워
포근하고 가벼운 이불을 머리끝까지 뒤집어쓰고
땀을 푹 내고 나서 샤워를 하면
몸이 가뿐해지고 상쾌함을 느끼게 된다.
대개의 경우는 사우나에서 땀을 빼는데 같은 땀 빼기도
여기서는 큰 차이가 있다.

목욕탕이나 요즘 유행인 찜질방에서 흘리는 땀은
피부를 통하는 것이지만
이불을 뒤집어쓰고 호흡으로 인해서 폐부 깊숙이에서
열과 함께 흘리는 땀은 그 차원이 다르다.
이렇게 두세 번만 하고 나면 저절로 감기 몸살을 이겨낼 수 있고
물론 약을 같이 병행하면 더 효과를 볼 수 있다.

이런 방법으로 효과를 보아왔고 나만의 방법으로 생각했는데
한방에서 이미 알려진 발한법이라는 사실을
어느 유명한 한의사를 통해서 알게 되었다.
약을 먹고 병원에 가고 머리를 싸매고 누워있으면
감기던 몸살이던 내접이 괜찮으니 나가지 않지만
철저히 무시하면 대접이 시원치 않으니 스스로 나가는 원리이다.
우스운 예 같지만 가장 적절한 표현인 것 같다.

대응하지 않고 무시하면서 넘기는 것은 감기 몸살보다
인간관계에 더 필요한 사항이다.
사소한 문구 하나나 말 한마디가 파생시키는 잡음은
때론 엄청난 폭발성을 가지고 있다.
그것이 감정과 맞물리면서 예상하지 못한 결과를 초래한다.
각종 루머나 흑색선전은 물론이요, 개인 사생활에 관한 것까지
어느 땐 인내의 한계를 느끼지만 하나하나 대응하다 보면
또 다른 빌미를 제공하게 되고 악순환은 지속된다.

결국 서로가 만신창이뿐인 결과도 없는 소모전만 되풀이된다.
지금은 일반화된 미늘 없는 바늘 사용이 처음엔
고기 보호를 명목으로 내세웠지만
시간이 지나고 익숙해지다 보니 결국은
낚시인 자신이 편하다는 것을 알게 된 것처럼
스스로 마음을 열고 이해를 하게 되면 자신이 편해진다.

남을 이해하고 상대를 배려하는 것은 결국은
내 자신이 편하기 위함이다.
사랑을 받고 싶거든 사랑한다고 먼저 말을 해야 하는 것처럼
이해를 바라면 먼저 이해를 하고,
너그러움을 바란다면 먼저 너그러움을 가져야 한다.
그것이 도저히 불가능하면 한쪽 귀로 듣고 한쪽 귀로 흘리는
감기를 무시하듯 무시함으로 가면 된다.
대응하지 않는 것은 상대를 손 한번 쓰지 않고
스스로 제 풀에 떨어지게 하는 최고의 방법이다.

사는 것이 힘들고 세상이 어지러우면 인심도 사나워지고
분위기도 험악해진다.
사소한 일에 일희일비하고 유언비어나 흑색선전 또한 난무한다.
작금의 우리네 현실은 편안한 일상은 아닌 것 같다.
방송을 보거나 흐름을 보면 두 가지 아이콘이
주류를 이루고 있다.

오버와 아첨이다.
오버하면 뜨고 아첨하면 성공한다.
생명이 길고 짧던 간에 두 가지 중 하나면 살아남는다.
정상적인 방법은 이슈도 되지 못할 뿐 아니라
관심의 대상도 되지 못한다.
과장된 상품광고처럼 오버해야 눈에 뜨이고 주인공이 되며
아첨해야 무리 중에서 살아남는다.

하나의 낚시이론도 원칙론이어서는 안 된다.
난해하고 어렵고 유별나게 포장해야 어필하고
대중성보다는 특별성이 있어야 값지고
누구도 손쉽게 하지 못하는 것이 최고인 양 과장되게 오버해야
주목을 받는다.
하나를 발판 삼아 더 높은 곳을 기웃거리고
영향력 있는 누군가와 연줄을 트려고 주변 사람에게 접근해서
연줄이 닿고 나면 아부라는 최상의 방법으로
자신의 영역을 만들고 자신의 과거나 과정이 알려질까 두려워
매개체 역할을 한 중간의 그들을 도태시키려 안달한다.
그럴 때 꼭 동원되는 것이 근거도 없는 흑색선전이나
카더라 유비통신이다.

아부해서 자리를 차지한 인간이 무슨 일인들 못하랴마는
이해관계에 따라 해석을 달리하게 하는 모호한 술책을 쓰고

거미줄을 쳐 놓고 거미줄에 먹이가 걸리기를 기다리는 거미처럼
반론을 펴고 달려들기를 고대하고 있다.
자기 자신 눈에 있는 서까래는 보지 못하고
남의 눈의 티끌을 찾으려고 안달이다.

어쩌겠는가.
대응하면 대접이 괜찮으니 기를 쓰고 대들 것이고
제 풀에 지치도록 놓아둘 수밖에.
환절기엔 유난히 기승을 부리는 감기를 이기기 위해선
편안한 마음으로 억지로라도 한 끼라도 더 먹고
자리에 눕지 말며 뒤집어쓴 이불 속에서 폐부 깊숙이
뜨거운 열을 뿜어내는 것처럼
감기와 동격인 그들 또한 내 자신이 편하기 위해서
이해하고 용서하자.
세상에 가장 어려운 일이 용서라니
이참에 제일 어려운 일 한번 해 보자.

낚시 인심

왁자지껄 소란스러운 소리에 처지듯 내려앉는 눈꺼풀을
가까스로 뜨기는 했어도 축 처진 사지가 즉각적인 반응을 멈춘 채
그냥 이대로 푹 자고 싶다는 강한 욕망을 보이고 있지만
흐느적흐느적 하나둘씩 일어나 입고 자던 낚시복
내피 그 복장 그대로 흡사 숲 속 모기를 연상시키는
흰색 줄무늬 세 개가 있는 일개 소대가 신고도 남을 만큼
넉넉히 준비해 놓은 원도 민박집의 짝퉁 슬리퍼의
요란한 소리를 따라 바로 곁에 붙은 안채 거실로 향한다.
첫날은 남보다 먼저 일어나 세수하고 머리도 감고 산뜻하게
면도까지 마치고 구명조끼만 입고 낚시가방만 들면
바로 전투에 돌입할 출동 준비 완비 상태에서 아침식사를 했지만

하루, 이틀을 지나 삼일 째에 이르니 이젠 슬슬 지치기도 하고
체력이 서서히 떨어진다.
너울파도가 기승을 부리고 갑자기 떨어진 기온과 강한 북서계절풍,
잡어성화는 덤으로 악재 세트에 시달린 어제의 결과는
거울에 비친 내 모습에서 적나라하게 들어난다.
하룻밤 사이 퀭하게 가뜩이나 큰 눈이 황소 눈깔이 되어 있고
양 볼에 깊게 패인 팔자주름은 무주리조트 활강장이고
눈 밑에 늘어진 다크써클은 집에 가면 마누라가
그네 한번 타보자고 달려들 지경이다.

나란히 여섯 개의 상에 각각 차려있는 아침밥상에
같이 온 일행들이 먼저 온 순서대로 나란히 자리를 잡고 앉아
내키지 않는 모습으로 꾸역꾸역 습관적인 동작을 반복하며
아침밥을 먹기 시작한다.
장거리 뱃길에 시달리고 처음 밥상을 마주한 낚시인도 있고
낯선 잠자리와 합숙소를 방불케 하는 소란스러움과 부산함에
제대로 적응하지 못해 숙면을 취하지 못하고 밤새 뒤척이다
하얗게 밤을 지새우는 사람도 있지만 처음 하루 이틀은
기대감과 설렘이 가장 큰 주범이고 그 다음은
먼저 들어온 낚시친구들의 넉넉한 인심 때문이다.
싱싱한 회 안주 삼아 과음 때문에 흐트러지고 지친 표정이 역력한데도
오매불망 벼르고 벼르던 원도권 출조인지라 꼭두새벽에
평소 같으면 손사래를 치며 거르고 말았을 한 끼를

채우고 있는 것이다.
맛이 있고 없고 간에 여럿이 먹는 밥상은 늘 반찬이 부족하기
마련이다.
한 발짝이라도 빨리 밥상머리에 앉아야 그나마 반찬가지라도
챙겨먹는다.
먹을거리가 궁핍하던 먼 옛날 시골촌놈이 서울에 유학 와
하숙집에서 수많은 하숙생들과 함께 생활하며 터득한 비법,
밥과 국은 내 몫으로 나온 것이라 누가 뺏어 먹을 리 없으니
반찬부터 먼저 먹자던 우스꽝스런 추억이 뇌리를 스쳐간다.

추운 날씨와 사나운 바람과 맞서며 갯바위에서 며칠 동안 격전을
치루기 위해선 체력이 관건인지라 눈에 보이면 먹고
시간 나면 휴식을 취하는 것이 최상인데 예외로 부산을 떨며
눈에 띄게 결전의 의지를 불태우는 낚시인들이 있는데
이들은 말하지 않아도 뻔한 두 부류의 사람들이다.
하나는 오늘 처음 갯바위에 나서는 1일 차 원도 입성 새내기들로
미끼만 드리우면 물고 늘어질 것 같은 기대에 찬 환상에 빠져
한 숟가락 뜨는 시간도 아까운 사람들이고
다른 하나는 오늘 오전 낚시를 마치고 집으로 돌아가는
아쉬움만 가득하고 언제 또 올수 있을까 미련이 남는
낚시인들이다.

대개 혼자 오는 경우는 드물고 대개는 세 명에서 다섯 명쯤

팀으로 들어오고 나가는데 멤버의 변함없이 해마다
꾸준함을 유지하는 경이로운 팀들도 간혹 있다.
이들이야말로 진정한 동료이자 낚시친구들이고
진정 낚시를 즐길 줄 아는 최고의 꾼이라 생각된다.
아무리 친근한 사이도 며칠간 동고동락 출조는 그리 쉬운 일이 아니다.
특히 어느 정도 알려진 낚시인들은 같은 그룹으로 지속적으로
움직이지 못한다.
낚시라는 자체가 워낙 상황에 따라 변수가 많은 레저고
융통성 즉, 자기만의 개성이 강하다 보니 나름 전문가 위치를 확보하며
자신의 이론도 있고 이름도 알려져 명성을 얻고 있는데
사소한 하나의 낚시방법에 견해를 달리해 의견충돌도 일어나고
멀리 떨어진 바다 위 제한된 공간에서 눈에 보이는 결과물로
재평가를 받게 되니 같은 일행과의 장기간의 반복 출조를
보게 되는 일은 그리 흔한 일이 아니다.
사박 오일 정도의 절해고도 겨울철 원도권 원정낚시는 진정한
낚시동료를 판별하는 바로미터가 되기도 한다.

한 바퀴 포인트를 돌아 갯바위에 늘어놓았던 낚시인들을
거두어 들이는 철수시간,
일일이 살림망을 확인하거나 아이스박스를 열어보지 않아도
뱃전에 오르는 눈이나 행동에서 그날의 결과를 예측할 수 있다.
눈을 감고 배 안에 앉아 있어도 상기된 낚시인의 목소리에서
그날의 장원이 누구인가 충분히 알 수 있는데

목소리 큰 그날의 장원은 민박집에서의 이차 행동에서도
능히 짐작할 수 있다.
철수하면 원도 다녀왔노라 자랑도 해야 하고
가족, 친지, 친구들과 오붓한 자리도 한번 만들어야 하기에
전리품을 푸짐히 챙겨가려고 일부는 표시된 포장지로
냉장고에 갈무리 하는가 하면 손질해 주렁주렁 말리기도 하고
며칠간 방파제에 살려 보관하는 기상천외한 방법들이 동원되는데
내일의 조황을 장담할 수 없으니 선뜻 내어 놓기도 주저되는데
남들보다 뛰어난 씨알과 마릿수를 챙겨 돌아온 사람은
선뜻 그날의 전리품들을 내놓아 눈치 보던 일행들을 안도케 한다.

맹골도, 태도, 가거도와 추자도 그리고 지금은 많이 퇴색했지만
거문도에서 매년 겨울이면 보던 풍경들이고
시간이 지나고 나면 조황보다 그런 추억들만 가슴에 남는다.
해마다 되풀이되는 낚시인들의 원도 권 출 조도 그대로이고
얼굴은 바뀌어도 찾아드는 낚시인은 그대로인데
어느 해부터인가 하늘과 땅만큼이나 눈에 띄게
차이가 나는 안타까운 것이 딱 하나 있다.
낚은 모두를 당일 철수하는 낚시인들의 아이스박스를 채워 내보내고
설령 내일 꽝을 치더라도 우리의 쿨러는 남아 있는
낚시인들이 채워주던 훈훈한 인심과 관행처럼 이어오던 미덕이
이제는 사라지고 없는 것이다.

오후 배로 철수하는 무리들의 준비가 부산하다.
포인트 때문에 유난히 언성을 높이며 선장은 물론 다른 일행들과
트러블을 일으키며 난로 옆의 신나 통처럼 불안감을 주던
개망나니 일행들도 떠난다니 시원섭섭하다.
저들이 떠난 자리를 새로운 낚시인들이 또 채우고
내일 우리 일행이 떠난 자리 역시 새로운 낚시인들이 대신할 것이다.
짧은 일정이지만 같은 방을 쓰며 많은 이야기와 대화를 나누다
먼저 철수하는 일행들과 못내 아쉬워 섭섭해 하는 순간
개망나니 일행의 걸쭉한 육두문자가 순간 할 말을 잊게 한다.
"어떤 ㄱㅅㄲ가 내 고기 챙쳐 갔어."
"ㅆㅂㄴ 잡히면 죽어."

버리고 살자

"싸가지 없는 놈, 건방지게 병풍 뒤에 누워서
형한테 절 받는 개 같은 경우가 어디 있단 말인가!
마누라 눈치 보며 온갖 구실 붙여 제 낚시 가는 길에
삼십 년 넘게 동무해 줬더니 저만 훌쩍 작별인사도 없이
떠나버리면 어쩌란 말이냐."
그렁그렁한 눈으로 허공을 바라보며 넋두리 삼아 온갖
육두문자를 쏟아 내더니 종이컵에 담긴 소주를
입 안에 털어 넣고 무슨 일 있는 있느냐는 듯 빙그레
미소 지며 내려다보고 있는 영정속의 사진만 넋을 놓고
하염없이 바라보고 있다.
내어 뱉는 온갖 상소리가 욕이 아님을 난 이미 알고 있다.

표현하기 힘든 안타까움과 갑자기 접한 현실에
밀려오는 슬픔을 대신한 무의식적인 표현임을….

하루가 다르게 세상이 변하고 현대화되어 가고 있다.
삼일절을 기점으로 시작되던 붕어낚시도 이제는 연중
언제나 가능한 사계절 행위로 자리 잡았지만 아직도
대다수의 낚시인들은 계절에 따른 자연의 변화에 따른다.
그 기준이 항상 붕어낚시의 시작은 삼월이고
큰 일교차와 불규칙한 조황으로 오히려 한겨울보다 더한
시행착오를 겪지만 기대감만은 최고조에 이른다.
변하는 것은 낚시 패턴만이 아니다.
걸맞게 장비, 소품, 미끼도 진화하고 편안하고 안락한
낚시를 위한 갖가지 편의장비도 눈부시게 발전해
일박 이상의 낚시, 밤낚시를 해야 하는 경우에는
가히 이삿짐을 방불케 한다.
작은 일인용 텐트에 침낭 하나면 족했고 거기에
소형 난로 하나면 충분했던 것이 대형 조립식 좌대에
충분히 공간이 확보되는 텐트와 온수나 전기를 이용한
보일러식 매트 등 가히 아방궁 수준의 럭셔리한 시설물을
설치하고 나서야 낚시가 시작된다.

편하고 안락하고 충분한 먹을거리에 낚시 시간은 많이
빼앗기지만 이 또한 새로운 낚시스타일이고 어떤 면으론

고기 욕심을 덜 내며 자연에 동화되어 일상에서
벗어나는 자유로움을 만끽하는 건 긍정적이지만
난방기구나 취사도구로 인한 부작용이 종종 일어난다.
특히 일교차가 큰 계절이라 부탄가스를 사용하는
난로가 필수인데 이것이 종종 사단을 일으킨다.
한겨울보다 특히 봄철에 가스 사고가 많이 일어나는 것은
마음이 앞서 서두르는 것도 있지만 기회만 되면
물을 찾아나서는 횟수가 잦아지고 반주 삼아 마신
한 잔의 소주와 밤엔 영하로 내려가는 기온이 원인이다.
이른 봄과 늦가을엔 유난히 부음을 많이 접하게 된다.
혈관계통의 이상이 가장 많이 나타나고 그중 뇌졸중이나
심근경색으로 유명을 달리하는 사람이 가장 많은 계절인데
거기에 부탄가스로 인해 질식사하는 좋지 않은 소식까지
들려온다.
이구동성 안타까움과 사소한 부주의를 이야기하지만
연례행사처럼 슬픈 소식은 끊이지 않고 지속된다.

過猶不及(과유불급)이라 했던가!
지나치면 모자람만 못하다고.
아무리 낚시가 좋아도 지나치면 독이 되고 해가 된다.
가장 큰 적은 욕심이다.
붕어에 대한 욕심, 포인트에 대한 욕심,
궁극적으론 낚시에 대한 욕심.

절제되지 않는 과시성 욕심이 늘 화를 부른다.
아무리 젊음이 있고 왕성한 체력을 자랑한다 해도
낚시인들이 명심해야 될 일이 있다.
어쩌다 한 번이 아닌 지속되는 밤낚시 행위말이다.
밤이슬을 맞아가며 온 밤을 꼬박 새우는 낚시는
절대적인 낚시의 해악이다.
철인 체력의 소유자라도 한밤을 꼬박 새운 다음 날,
일상적인 생활이 정상적으로 불가능하다.
낮에 하루를 잔다 해도 피로도 풀리지 않을 뿐 아니라
밤새 지친 몸으로 장거리 운전을 해야 하니 거기에서
파생되는 부정적인 면은 말할 나위가 없다.
오죽하면 運命(운명)은 在天(재천)이 아니라
運命(운명)은在車(재차)라 할까!
그리고 밤 기온이나 습기는 음습하고 인간의 몸에
절대적인 영향을 끼친다.
무절제한 낚시로 인해 신체의 이상을 겪은 낚시인이
한둘이 아니다.

"멍청한 놈, 난로 켜 놓고 잠자지 말라고 두 번 세 번
확인하던 인간이 지가 총대를 메냐?"
하루만 기다렸다 토요일 같이 가자니까 편차가 심한
봄철 포인트를 먼저가 선점해 놓겠노라는 말을 마지막으로
떠난 친구를 놓아주지 못하고 붙잡고 있는 모습이 처연하다.

자정이 넘은 늦은 시간이라 조문객들의 발길도 뜸해지고
유족들도 여기저기 벽에 기대고 지친 몸을 의지하는데
늘어만 가는 소주병을 앞에 두고 푸념 섞인 넋두리는
그칠 줄 모른다.
초점 없는 눈으로 꺼이꺼이 어깨를 들썩이며 오열하는가 하면
조소인지 미소인지 모를 묘한 입질의 일그러짐에
가슴 가득 싸하게 슬픔이 밀려온다.
저 둘의 관계를 난 누구보다 잘 안다.
실과 바늘처럼 언제나 함께하던 그들이었다.
나 또한 내리 삼 일을 이곳저곳 장례식장을 순회하는
예정에 없던 일정에 무언가에 홀린 기분이다.
낚시를 마치고 집에 가는 중에 고속도로에서
심근경색으로 중앙분리대를 들이받고 숨진 후배에 이어
다음 날은 아산의 'ㅅ'저수지에서 텐트 안의 난방용 난로의
가스로 인한 슬픈 소식이 전해오고 줄이어 다음 날
예산의 한 저수지에서 들려온 비보 역시 텐트 안의 난로가
원인이다.

조금은 줄이고 버리고 살자.
우리는 낚시인이지 붕어 사냥꾼이 아니다.

다래골의 육두문자

멀리 가물가물 한 폭의 그림처럼 보이는 깊고 깊은
골짜기와 높은 산봉우리를 먹구름이 덮는가 싶더니
파로호를 끼고 앉은 상무룡리 전체가 시야에서 사라져 버린다.
아침이 밝아오는가 했는데 다시 밤으로 가는 것 같다.
부어 터진 얼굴로 오기를 부리던 하늘이 기어이
심술보를 터트린다.
비가 내리고 바람이 불건 말건 우선은 붕어얼굴이 그리운지라
전체 수심 4미터, 시작은 2미터권에 찌를 맞추고
부지런히 집어제를 투척하니 드디어 그리 긴 시간이 지나지 않아
찌에 움직임이 오고 당찬 몸부림 끝에 뜰채에 담긴 건
체고가 유난히 높아 길이나 소위 말하는 빵이

거의 같아 보이는 30cm 전후의 파로호 첫 수, 떡붕어다.

한반도 전체를 녹이기라도 하듯 무섭도록
맹위를 떨치는 폭염도 이곳은 비켜가는 듯 골을 타고
불어오는 바람과 비가 서늘한데 다행히 등 뒤에서 불어
원활한 채비 투척을 도와주고 있고 특성상 군집을 이루며
모여들기 시작한 떡붕어는 미끼를 물고 채비를 내려주지 않는다.
인간의 욕심은 끝이 없고 대를 드리운 낚시인의
욕심은 그보다 더한지라 처음 이곳을 목적으로 할 때는
혹 붕어 입질이 없으면 배스라도 낚아 보겠다고
루어대에 웜까지 준비하는 보험까지 든 주제에
정작 두어 시간 동안 삼십여 마리의 붕어 손맛이면
만족할만도 하련만 월척급 이상 사짜의 새로운 꿈을 꾸며
현실적으로 불가능한 욕심을 부리고 있다.

처음 도착할 때부터 잔뜩 심통을 부리고 있던 날씨가
바쁜 마음으로 낚싯대 펼칠 짬을 주더니 사나운 바람과 함께
시작된 빗줄기는 미처 주위를 정리할 여유도 주지 않고
붕어 입질이 시작됨과 동시에 내리기 시작한다.
반나절에 80미리 이상이면 호우주의보 상황인데
이런 상황이라면 호우경보 발령도 시간문제다.
비가 오는 것이 아니라 아예 쏟아 붓는다.
집어가 되어 번호표 받고 순서를 기다리다 저 죽는 줄 모르는

우매한 붕어들이 인간이 재미있어라 하는 취미생활에
죽어라 매달리는 상황이 일순 멈추며 이곳에 지금 존재하는 건
정적 속에 수면을 때리는 빗소리뿐이다.
중층낚시니 당연히 미끼가 풀리면 찌가 슬그머니 올라와야 하는데
슬쩍슬쩍 유인동작과 함께 액션을 주는데도
복원이 되지 않는 건 찌톱에 쉴 사이 없이 쏟아 붓는
빗줄기 때문인데 중독된 낚시병에 여름휴가를 겸해
가족과 함께 이곳을 찾았다가 꼼짝없이 텐트 속에 갇혀서
비가 개이길 기다리는 저들의 안타까움을 모르는지
하늘을 뒤덮은 먹장구름은 개일 줄을 모르고
슬슬 차오르는 수위는 애써 돌무더기 무너져 내리는
직벽에 다져 놓은 낚시자리를 옮겨야 할 상황이다.

"어떤 자발 맞은 염병에 땀 못 낼 인간이 이 따위로 쓰레기를
늘어놓은 겨. 물 불어나는 거 뻔히 알면서 비설거지 안 하고 텐트에
처박힌 인간들이나 쪼그리고 앉아 낚싯대 물속에 처넣어 놓고 있는
인간들, 빨랑 나와서 주변의 쓰레기 치우지 않으면 굴삭기로 나가지
못하게 길 모두 파 버릴 겨."
누굴 특별히 지칭하지는 않지만 그렇다고 나는 해당되지
않는다고도 못할 묘한 분위기로 몰아가면서 거침없이
뱉어낼 수 있는 건 하루아침에 이룬 내공이 아니다.
허스키한 목소리에 쇳소리가 묻어나는 독설이
등 뒤에서 들려온다.

작달막한 키에 작고 매서운 눈초리,
한마디로 카리스마로 도배한 얼굴이
때마침 고개를 돌린 내 눈빛과 마주쳤다.
한때 영등포에서 유명한 조폭 조직의 간부였다고도 하고
무시무시한 사건에 연류돼 징역을 십수 년 살다 온
전과자라고 수근대는 소리를 들은 터라 호기심과 함께
눈싸움이 시작됐다.

파로호의 다래골 산장.
이름만 들으면 정감 있고 정취가 묻어나는
고상하고 멋진 자연 속의 한 편의 그림 같은 풍경이 연상된다.
생각한대로 그 예상은 한 치도 벗어나지 않지만
진입하는 과정이 장난이 아니다.
가장 쉬운 방법은 월명리에서 배를 이용하면 되지만
바리바리 싸온 낚시장비며 캠핑 장비를 일일이 차에서 선착장으로,
다시 배로, 포인트로 옮기기에는 너무 번거롭고 힘이 들기에
자동차로 그대로 목적지까지 진입하는 것이 최상의 방법이고
그 요건의 충족되는 곳, 바로 다래골 산장이다.
오직 한 채의 집이 있는 곳, 산속 임도를 따라
십여 분 가파르고 좁은 산길을 오르내리다 고갯마루에 올라서면
까마득한 저 아래 파로호의 푸른 수면이 보이고
멀리 건너편 상무룡리의 전경이 한눈에 들어온다.

다래골 바로 건너편, 이승만 대통령 별장 터엔
짙푸른 들풀만 가득한데 50%에 미치지 못하는 저수율이
한여름 더위에 짧은 배꼽티를 입고 속살을 들어낸
아가씨들 패션처럼 벌건 황토 빛을 보여주고 있다.
건너편이나 눈 아래 펼쳐진 발 아래 오늘의 목적지나
수면 경계선을 따라 점점이 박혀있는 원색의 파라솔로 미루어
낚시인들임을 한눈에 알 수 있다.
멀고도 험한 이 골짜기까지 시멘트 포장도로가 연결되고
전기가 들어왔다는 것은 산장 쥔장의 집념과 끈기,
노력이 어떠했는지 미루어 짐작이 가고도 남는다.

"x구멍을 확 찢어 버려야지, 잡기만 해봐라."
"조금만 기어 올라오면 우리 집 화장실도 있는데
아무데나 퍼질러 싸 놓고 그 옆에서 밥 처먹고."
"어떤 x새끼가 라면 처먹고 여기다 쏟아놨어?"
"낚시를 끊던지 담배를 끊던지 담배꽁초는 쓰레기 아닌가!
왜 여기저기 버리고 지랄이야."
애써 외면하며 대꾸하는 사람이 없어서인지 이제는 아예
총론으로 하던 육두문자를 각론으로 세분화해 쏟아내기 시작한다.
남녀의 중요 신체 부위가 그렇게 푸짐하게 험한 단어로
각색되고 표현되는 것이 신기할 정도다.
낚시자리를 이곳저곳 둘러보고 담배는 피우는데 옆에 재떨이로 쓸
종이컵이나 빈 캔 등이 준비되어 있지 않으면

쏟아지는 빗줄기가 무색할 정도로 사정없이 생전 듣지 못하던
육두문자가 난무하는데도 누구 하나 대꾸하는 사람이 없는 건
기에 질렸거나 이미 만성이 되었거나인데 분위기상
모두가 겁을 먹고 있는 것이 빤해 보였다.
거기다 내용을 살펴보면 백번 지당한 말인지라 대꾸는커녕
애써 시선도 피하며 딴청만 피우고 찌만 응시하고 있다.

밸도 꼴리고 눈꼴도 사납고 욱하는 성질에 아내의 말을 빌리면
독재자에 한 성질하는 내가 평소 같으면
프라이드고 케이원이고 죽자 살자 이판사판,
한판 붙어도 진즉 했을 터인데 기를 펴지 못하는 건
주변의 분위기도 한몫했지만 솔직히 이런 호황이 있는 곳을
버려두고 떠난다는 것, 아니 쫓겨난다는 것은
명색이 내가 낚시인인데 자존심과 오기가 용납하지 않기 때문이다.
욱하는 성질을 애써 다잡으며 삼 일간의 여정이니
눈도장도 찍고 교분도 쌓아 보려고 비굴한 미소를 띤 얼굴로
참자! 참자! 되뇌이며 아첨 어린 시도를 한다.
“아이고! 사장님 성격 한번 호탕하시네”
“내려오다 보니까 토종닭이 토실토실하던데
백숙이나 닭볶음탕 좀 될까요?”
“안 됩니다. 못해줘요.”
어멈! 아니 이곳에서 산장에 민박하고 보트 운행하고
토종닭을 기르는데 사람 차별하나 안 된다니

낚시고 뭐고 때려 치고 그래 많이 참았다, 한번 해보자
가부좌를 풀면서 대좌에서 일어서는데
생각지 않았던 맞대응에 놀라서일까 아니면 속사포처럼
쏟아 버린 욕설이 무안해서인지 보트를 몰고 휑하니
폭우를 뚫고 별장 터로 가 버린다.

그가 진짜로 조폭이었는지 당신 말대로 파로호 산적인지는
인연이 맺어진 그날 이후 물어 보지도 않았고 그도
한마디도 하지 않았지만 삶에 사연이 있어 이곳에 정착한
그의 진심만은 난 익히 알고 있다.
얼굴 더럽고 입 더러운 사람치고 성질 더러운 사람 없다더니
다래골에서의 삼일은 체험으로 느낀 생생한 교훈이 되었다.
극성이, 이제는 정겹게 생각되는 육두문자가
쓰레기 하나 없는 다래골을 지키는 방법이었음을….
아내가 다리인대가 파열되어 백숙을 해 주지 못함을
못내 아쉽고 미안해하며 독설 사이로 살짝 스치는
작은 미소가 얼마나 순수한지를….

다래골에 물이 차오르고 오름 수위가 시작되면
지체 없이 달려가 다시 한 번 그의 독설을 듣고 싶다.

그 섬에 가고 싶다

반포아파트 정문을 들어서는 순간 어디선가 비릿한
붕어 냄새가 나는 것 같은 착각이 든다.
전화통화를 하면서 머릿속으로 상상하던 대물의 실체를
직접 확인할 수 있다는 기대감과 보물지도를
찾을 것 같은 희망이 아파트 계단을 두 개씩 뛰어올라
단숨에 오층에 올랐는데도 숨이 가쁘지 않다.
8박9일 동안 하루에 20여 마리씩 낚은 붕어가 모두 월척이고
사짜 붕어는 기본이요, 오짜 붕어가 드문드문 끼인다니
낚시인들의 뻥이 심하고 이런 경우가 바로 허풍의 극치구나
생각이 들면서도 그 증거를 보여주겠노라는 어르신의 말씀이
우리를 바삐 움직이게 만들고 그 실체를 생생히 담아보겠노라

담당PD 불러내서 카메라를 들쳐 메게 한 것이다.

9세 때 이미 자신의 낚싯대를 가지고 낚시를 했다는
고희를 앞둔 백발이 성성한 어르신이 밝은 모습으로
기품과 품위를 보여주면서도 한없이 인자하고 어진 모습으로
초면인 우리 일행을 맞아주었다.
대한민국의 물이 있는 곳이면 다 돌아다니고 싶었는데
젊은 시절엔 사회활동으로 시간에 제약을 받아 아쉬웠고
열심히 일하다 정년퇴임 후 그 꿈을 펼치나 싶었는데
어느새 노년에 접어들고 이제는 건강 때문에
추억을 회상하며 낚시방송으로 대리만족을 느낀다며
꼭 다시 한 번 그 섬에 가고 싶은데 여의치 않으니
당신들이 그곳에서 내 대신 아직도 그 저수지가 건재하고
월척 붕어가 남아있는지 방송으로 구성해 줄 수 없느냐며
내어놓은 것은 몇 십 장의 붕어 어탁과
평생 당신이 사용하던 낚싯대와 소품들인데
이것이면 그 증거로 충분하지 않느냐는 것이었다.

70년대 중반부터 86년도까지 수십 장의 어탁이 있는데
58cm 최대어를 필두로 절반은 오짜요, 절반은 사짜 어탁이고
장소는 한결같이 그곳이었다.
낚시인의 마음은 바쁘다지만 이보다 더 바쁠 수는 없다.
우리는 바로 고속도로에 차를 얹고 한달음에 완도로 향했다.

완도 화홍 포구에서 뱃길로 약 한 시간 삼십 분.
우리가 목표로 하는 섬은 바로 보길도였다.
고산 윤선도가 세 차례의 유배생활로 14년을 보내고
은거생활 12년을 보길도에서 보내면서 65세에 완성한
어부사시사는 속세를 떠나 자연을 벗삼아 어부와 더불어
낚시하며 풍류를 즐기던 가장 멋진 풍류객으로
낚시인인 내가 꿈꾸는 이상일는지도 모른다.
어쩜 이리 절묘한 조화일까?
절세의 풍류객인 고산 윤선도가 어부사시사를 지은
보길도에 바다낚시가 아닌 민물붕어의 보고가 있다는 것이
결코 우연이 아니라는 묘한 생각이 든다.

언제부터인가 붕어가 몸에 좋다며 이제는 섬 붕어까지도
그물질에 수난을 당하기 일쑤이고 아직도 주위에서 만나는
낚시는 토종 붕어가 최고라는 일부 낚시인들의 토종 붕어 예찬론
이면에는 잡는 족족 챙겨가서 몸보신하려는
얄팍한 속내를 내모르는 바 아니지만
똥물 튀길라 애써 비켜서며 비겁자가 되고 있는데
보길도 건너편 노화도에 섬 붕어 촬영을 왔던 팀이
그물질로 붕어가 고갈된 저수지에서 참담한 실패를 겪은 것을 알기에
내심 마음 한구석은 불안했지만 확실한 증거물을 눈으로
직접 확인한 터이고 예까지 왔는데 이제 피해 갈 수도 없는 일
아니겠는가.

70년대와 80년대 상황이니 20~30년 전 일이고
사실 확인이 실패로 끝난다 해도 그리 우리에게
해가 될 일이 없는 일이며 남녘 끝 섬에서 붕어낚시를
시도했다는 것만으로도 당위성이 있고 방송으로도 의미가 있기에
과정만이라도 충실하자 다짐하며 보길도 포구에 첫발을 디뎠다.

섬 전체 지도를 들여다보니 저수지가 둘인데
산 쪽에 위치해 있는 저수지는 상수원이 분명할 터
나머지 하나 해안가 저수지가 우리의 목표이리라!
통리에 있는 통리 해수욕장과 접해있는
약 5천 평 정도의 보길도 저수지.
이차선 도로와 인접한 곳을 제외한 삼면이 석축이고
평균 수심은 중류권을 기준으로 세 칸대로 2미터.
전형적인 염분이 있는 해안가 저수지답게 물색은 은백색으로
뿌연 상태인데 오히려 낮에 붕어 입질 받기에는 그만이었다.
주민들 말에 의하면 일정 부분 준설을 하다 보니
수초대가 없어지고 서식 환경이 변해 낚시하는 사람도 보지 못했다며
붕어가 있을지 모르겠다니 한편으론 그동안 그물질이나
무분별한 남획은 없었을 것 같아 안심이 되는 터였다.
상류권에 일부 듬성듬성 우리 어릴 적 도장병 걸려
군데군데 머리털이 빠진 모습같이 수초대가 형성되고
건너편 해수욕장과 인접한 곳에는 제법 굵은 부들과 갈대가 적당히
나름대로 포인트를 형성해주고 있었다.

"선생님! 월척입니다.
올라가는 대로 촬영한 자료 가지고 찾아뵙겠습니다."
전화를 거는 내 손은 부들부들 떨리고
가슴 가득한 희열을 주체할 수가 없었다.
누구 못잖게 많은 붕어를 낚았고
삼척의 초당지에서 낚시 금지에서 해금되던 그해에
두 칸 반대 하나로 떡밥 미끼로 하룻밤에 스물일곱 마리의
월척을 낚는 행운을 맛보기도 했지만 그와는 다른 성취감이
전신을 휘감는 것이었다.
전화기 저편의 노조사의 목소리도 가늘게 떨고 있었다.
운신이 어려운 상태에서 아련한 추억 한 자락을 새카만 후배들이
재연해 주는 것이지만 대리만족하는 어르신의 모습이
눈앞에 아른거리는 것이었다.
일정에 쫓기는 짧은 시간, 낮에 많은 붕어의 개체수를 확인했고
사짜나 오짜는 아니지만 개인적인 붕어 최대어가 47cm인데
보길도의 35cm 붕어는 그 이상의 크기와 가치로
앞으로도 영원히 남아 있을 것이다.

2004년 봄은 그렇게 시작되었다. 봄바람도 사그라지던 4월 어느 날,
우리는 일장춘몽을 꾸듯이 봄꿈에 취했었다.
어르신의 꿈을 좇았다가 우리가 꿈에 빠지는 행운아가 되었다.
보길도 낚시의 전설은 2004년 4월 중순,
낚시방송을 통해 전국에 퍼졌고

우리는 행복했었다.

2009, 새해 아침. 행복했던 보길도 조행처럼

올 한 해도 행복하길 염원하며

봄이 오면 보길도! 그 섬에 가고 싶다.

귀 빼고 X 뺀 당나귀

예나 지금이나 가장 부러운 것이 하나 있다.

글 잘 쓰는 사람이다.

어찌 세상일을 모두 경험하거나 통달하지 않았는데

저리도 다방면에 재능이 출중하고,

기승전결에 의한 논리가 정연한지 감탄사가 절로 나온다.

어릴 때부터 난 존경하는 인물이 글 잘 쓰는 사람이었다.

어릴 때 꿈은 큰 것이 좋다고 하나같이 대통령이나

장군, 의사, 변호사, 박사, 과학자 등이고

좀 현실적인 것으로는 교육자,

공무원, 돈 많이 버는 기업의 사장이었다.

그러다 보니 존경하는 인물 또한 그 방면의 사람들이고
교과서에 수록되어 있는 나이팅게일이나 슈바이처 박사로 인해
남을 위해 희생하는 인물이 때로는 존경하는 인물로
거론되기도 하지만 대개는 권력과 돈과
명예를 잡을 수 있는 것을 장래 희망으로 했고
그 방면의 성공한 사람이 목표가 된다.
헌데 난 그들과는 달리 글 쓰는 사람이 제일 부러웠고
그들이 최고로 궁금했다.
교과서 하나하나를 어떻게 체계적으로 구성을 하고
똑 부러지게 원칙을 제시할 수 있는지
마냥 신기하고 경이로웠다.

가난한 농부의 육 남매 중 장남으로 온 가족,
온 집안의 기대를 두 어깨에 짊어진 녀석이
글 잘 쓰는 사람이 존경하는 인물이고 교과서건 만화책이건
성인용 잡지건 돈만 있으면 사들이니
말은 하지 않아도 내심 얼마나 실망하셨는지 짐작이 간다.
국민학교를 마치고 내용이야 어찌됐던 먹고살기도 힘든 60년대.
중학교부터는 눈 감으면 코 베어 간다는 서울로 유학을 보냈는데
낚시인으로 물가에 앉아있으니
그 또한 자식으로서 부모님께 얼마나 큰 실망을 드렸는지
죄송하고 이것도 저것도 아닌 얼치기로
하루하루를 사는 기분이다.

글 쓰는 방법을 체계적으로 배우지도 않았고
다방면의 세상 경험을 하기에는 부족한 삶에서
나 아닌 다른 사람에게 내 생각을 전달한다는 것은
참으로 어려운 일이다.
글을 쓴다는 것은 참으로 용기가 필요한 일이다.
하나의 단어나 한 줄의 문장으로 인해 누군가는
상처를 받을 수도 있고 이해관계에 따라 악용될
소지도 안고 있기 때문에 조심스러울 뿐만 아니라
내 자신의 의식세계를 남에게 보이는 듯한 부끄러움을
느끼기 때문이다.
글을 쓴다는 것은 결국 남에게 벌거벗고 서 있는 수치심을
먼저 느끼게 된다.
한마디로 말해서 젊은 시절,
사랑하는 사람에게 밤새 쓴 연애편지를 아침에 다시 읽게 되면
그 유치함에 누가 보지 않아도 얼굴이 붉어지고
종래는 우체통에 넣지 못하는 것처럼
長文(장문)이건 掌文(장문) 이건 글을 쓰고
남에게 보이는 것은 어려운 일이다.

글을 쓰는 전문가들,
특히 내 입장에서 자주 만나는 낚시잡지의 기자들에게
항상 부러운 마음으로 질문을 던진다.
어느 땐 운이 좋아 방송작가나 문단에 이름이 알려지고

몇 편의 베스트셀러도 기록한
유명한 소설가 선배께도 똑같은 질문을 하곤 한다.
"글 잘 쓰는 비결이 무엇입니까?"
"어쩌면 그렇게 풍부한 어휘 구사력이 있는 겁니까?"
그들의 한결같은 대답은
"책을 많이 읽어라."
"진솔하게 접근하고 진솔하게 표현하라."
가장 쉬운 답이자 가장 어려운 방법이다.

한때 거창한 목표를 가진 적이 있다.
내 생애 삼만 권의 책을 소장하는 것.
하지만 죽어라고 노력한 결과는
그 십분의 일도 안 되는 수준이다.
사실 쉬운 목표는 아니다.
세상에 태어나는 순간부터 하루 한 권이라 해도
90세까지 지속해야 이룰 수 있는 수치이고
단순히 사 모으는 것이라면 돈이면 되지만,
주마간산으로라도 내용은 알아야 하기 때문이다.
이제는 성인이 되어버린 딸과 아들에게
요즘은 역으로 부탁을 한다.
"너희가 이 애비를 좀 도와다오. 도저히 목표치의 절반에도
이르지 못할 것 같다."
서슬이 시퍼런 군부독재 시절에 세상물정 모르고

젊은 엘리트들이 사업에 뛰어들어
경제계를 뒤흔들어 놓고 재벌 판도를 바꾸던 때가 있었다.
결국은 모두가 쓰러져 신화만 남고
지금은 명맥만 유지하는 기업도 있다.
율산이나 제세산업이 대표적이었고
무서운 아이들 "앙팡 테리블"이란 유행어를 탄생시켰다.
언론에 보도된 내용이야 저들의 방만한 사업운용과
경영미숙이 파멸의 원인이라 하지만
사실 줄을 제대로 서지 못하고 정·관계에 로비력을
발휘하지 못한 것이 그 근본 원인이다.
어느 정도 시간이 지나 충격에서 깨어난 그들이
자서전적 성격으로 펴낸 책들이 세간의 관심을 끌었다.
시간이 지나고 사업은 송두리째 날아갔지만
그렇다고 표현의 자유가 보장되는 시기가 아니다 보니
출판사의 요구는 저자의 의도와는 다르게 작용되고
하나의 내용은 수정에 수정을 거듭하며 본질을 잃어버리고
두루뭉술하게 되고 결국 저자의 푸념이 이슈가 되었다.
"세상눈치 보느라 출판사 사장 요구대로 쓰다 보니
귀 빼고 X 뺀 당나귀 꼴이 되었구려!"

낚시에 관한 이론은 물론이요,
낚시계 전반의 상황에
나름대로 느낌을 진솔하게 표현하고자 노력하지만

이해관계에 따라 소속집단이나 단체에 따라 해석이 달라지니
참으로 어려운 것이 낚시 쪽의 글이 아닌가 싶다.
사실 원론적인 하나의 낚시 이론도 사람에 따라 매번 달라지고
호불호에 따라 격이 바뀌고 효용가치조차 의심을 받는다.
채비를 만들어 미끼를 가지고
대상어를 낚아내는 낚시방법이 사람마다 다르고
심지어 바늘의 크기나 목줄의 길이 하나에도 의미를 부여하고
특화하려 하며 원칙에서 조금 변화시켜
나만의 것으로 포장하려 한다.
낚시는 그냥 낚시이며 하드웨어인 원칙이 있고
개인의 성향이나 취향, 역량에 따라
취사선택하고 변화를 주는 소프트웨어
즉, 융통성의 문제일 뿐 특별한 기법이나 방법은
별도로 존재하는 이론이 아니다.
'나는 이렇게 한다'이지 '이렇게 해야 한다'가 아니다.
누구나 쉽게 접근하고 쉽게 이해할 수 있어야
그 근본가치가 사는 것이다.
결국 낚시를 어렵게 하는 것은 네임밸류가 있는 선두에 있는
낚시인들과 그들의 융통성이 원칙인 양 발표되는
방송과 잡지 등이다.

부족하고 모자란 능력으로 글을 쓴다는 것은
고통이 아닐 수 없다.

그나마 버틸 수 있는 것은 일 년 열두 달,

낚시현장에 있다는 것이 유일한 하나의 당위성이자 버팀목이다.

하지만 나 역시 용기가 모자라서인지

아니면 사소한 한 줄의 문장으로 인해

마음 상할지도 모르는 그 누구를 배려하는 것인지는 모르지만

때론 속 시원히 육두문자를 뱉고 싶은 충동을 억누르고

이 단어 저 단어, 이 문장 저 문장 바꾸면서

오늘도 귀 빼고 X 뺀 당나귀를 생각한다.

친구야, 친구야!

어둠이 짙게 드리운 계곡 사이 울창한 나무 사이로
아직 자동차 소리는 들리지 않지만 순간순간 전조등 불빛이 스치는
것이 약속한 낚시친구가 막 가파르게 시작되는
급경사의 언덕을 오르나 보다.
연휴를 낀 나들이길 교통사정은 그야말로 처절하리만치 생지옥이다.
나 또한 미리 도착해 준비를 하려고 정오쯤
경기도 안산 집에서 출발했는데
오후 늦게야 미리 예약한 펜션에 짐을 풀 수 있었다.

오늘 이곳에 모이는 인원은 모두 다섯,
그중에 한 명은 이미 십수 년을 낚시터에서 같이 보낸 친구이고

나머지 셋 중에 한 명은 지난겨울 원도 갯바위에서 화끈한 감성돔
입질에 팔이 얼얼할 정도로 릴링을 하며 오박 육일간 숙식을 같이하기도
한, 낚시라면 장르, 기법 가리지 않는
이제까지 만났던 열혈 낚시인 중 단연 그 열정이나 끼에서
으뜸인 친구다.
그 친구와 동행해 오는 낚시인이 둘,
같은 낚시인이다 보니 흔쾌히 수락은 했지만 얼굴도 이름도 모르는
사람들이지만 친구의 성품으로 봐서 정감이 가는 그런 분들인 것은
확실하다.
이 친구의 행적이나 활동은 가히 홍길동 수준이다.
어느 날 갑자기 '간다' 하고 문자 하나 남기고는
남쪽 끝 조그만 섬에서 순진한 섬 붕어를 낚고 있는가 하면
격포 채석강 배경 삼아 똥폼 잡고 인증샷 보내와
왕등도 어느 포인트에서 밑밥 품질 열심히 하겠구나 생각하고 있으면
여기 파로호 상무룡인데 떡붕어가 장난이 아니니 짐 싸들고
불나게 달려오라며 염장지르기 일쑤이다.

나도 어지간히 비싼 기름값 지불하며 싸돌아다니는 입장인데
생애 최고의 라이벌(?)을 만난 것이다. 일일이 기록하지 않아도 지난
세월 통계의 괘적이 그 증거가 된다. 삼 년쯤 되면 자동차 계기판의
누적거리가 200,000km을 넘기니
역으로 환산하면 1년에 70,000km 전후이고 월로는 6,000km,
하루 평균 주행거리가 200km. 영업용 기사도 아니고

내가 생각해도 과하다 싶은데 그동안 대개 삼 년 주기로 차를 바꾸었고
네 번째 지금 나의 발이 되어주는 차는 이미 260,000km를 넘었다.
말을 못해 그렇지 역마살 제대로 낀 주인 만나 인생 고되다고
자동차가 질러대는 비명이 들리는 것 같은데 이런 생활이 난 직업처럼
되어서 그렇다 치지만 이 친구는
순수한 취미로써의 낚시이니 비교 자체가 넌센스다.
그러면서도 만나면 상대편 계기판 확인하며
이번엔 내가 더 뛰었다며 별걸 다 경쟁하는 유치함을 보이기도 한다.

그는 전혀 낚시를 모르는 사람이었다.
낚시뿐 아니라 하는 일 외에 취미라고는
아예 생각지도 않는 그런 인간이었다.
우리네 세대가 그러했듯 의지할 곳 없고, 물려받은 것 없고,
배운 것 없고, 그 흔한 친목계 하나도 들어 본 적이 없는 그런
사람이었다.
이렇게 낚시에 빠지게 된 동기는 그의 아들 때문이다.
소위 말하는 왕따를 당하던 중학생 외아들이
아파트 16층에서 몸을 던진 후 일밖에 모르던 그는
삶의 의욕을 상실했고 자포자기 상태에서 한적한 곳에서
마음을 달래보면 어떻겠냐며 낚시를 권한 것이 계기가 되어
처음에는 낚시터에 가도 낚시에는 관심도 없이
우렁이나 잡고 쑥이나 캐며 지치도록 돌아다니다
뒷전에서 라면도 끓이고 커피 물이나 끓이더니

소양호 대평리에서 향어낚시에 빠지면서 초야의 제왕이 된 것이다.
이 친구를 한마디로 평가하자면 성실함의 표본이요,
자수성가한 인생성공의 주인공이다.

가진 거라곤 초등학교 4학년을 중퇴하고 목공소에 취직해 익힌
목공기술 하나로 누구도 부럽지 않은 자신의 삶을 만들었고 성실함,
착실함과 정직함으로 많은 사람들이 늘 그 주위에 있다.
예전의 용어로 말하면 목수 오야지. 정규교육은 제대로 받지 못했지만
한 치의 오차도 없는 정확함, 술수나 기교를 모르는 정직함이 어느 순간
인정받게 되고 건설경기의 붐을 타고 빌라나 아파트를 지어 분양하면
하루아침에 매진 상태가 이어지고
그는 준재벌의 위치가 된 것이다.
굳이 자신을 낮추는 것이 아닌데 때론 너무 솔직함이 당황스러울 때가
있다.
얼마 전 스마트폰으로 바꾸고 나서도 마찬가지다. 사긴 샀는데 난
어플이 뭐고 어떻게 사용하는지 가방끈이 짧아 모르겠으니 나보다 끈이
긴 네가 좀 해 주라며 불쑥 집에 찾아와 내미는 것이었다.

오늘 모임은 또 다른 아픈 사연으로 만들어진 이벤트다.
아들을 잃은 후 우울증에 시달리던 그의 아내가 심부전증으로
얼마 전에 세상을 떠났고 사십구재를 마치고 절에서 내려오는 날
그렁그렁한 눈으로 단 며칠이라도 조용한 곳에서 같이 있었으면
좋겠노라는 그 친구의 요청으로 이루어진 것이다.

그동안 그 좋아하던 낚시도 하지 못했고
아내 병수발에 심신이 지친 그를 위해 백방으로 수소문해
한적하고 아담하고 팬션 담장 밖 바로 앞에 심심찮게 뼘치급 붕어도
낚이는 조그만 소류지가 있는 이곳을 선택한 것이다.

"이거 변변찮은 아내의 선물이야, 자네 꺼."
제대로 포장도 하지 않고 신문지로 둘둘 말아 테이프를 붙인
작은 꾸러미를 불쑥 내놓는다.
"아내가 죽기 전 쇼핑을 하면서 올 여름 자네와 시원스럽게
입으라고 세일하는데 돌면서 옷 몇 벌 샀는데 경황이 없어
이제 전달하네."
내 성격, 내 취향까지 속속들이 알고 있는 친구 아내가 그동안도
종종 챙겨주곤 하더니 마지막 가는 절박한 순간에도 넉넉한 마음을
남기니 울컥 눈시울이 뜨거워지고 감정이 격해온다.
대개 자기 남편을 낚시에 끌어들이면 철천지 웬수에
원망을 보내기 일쑤인데 낚시로 남편에게 새 삶을 찾게 해 줘 고맙다며
늘 감사의 마음을 표현하며
영원한 응원군으로 함께하겠다 했는데
이렇게 날 또 감격하게 만든다.
망자에게 받은 가슴 찡한 선물.

친구와 소류지에 나란히 앉아 한마디 대화도 나누지 않았지만
하룻밤으로는 다하지 못한 긴 이야기를 마음으로 나누었다.

짙은 어둠 속에서 밤새 울어대는 부엉이와 소쩍새 소리가
유난히 가슴에 파고드는 건 혼자 남겨진 친구를 부탁한다는
또 다른 의미로 다가온다.
"친구야, 힘내! 내가 있고 낚시가 있잖아."

컬러로 바꾸는 낚시 세상

세상이 온통 초록빛이다.
울창한 숲 속처럼 촘촘히 자란 나무들이 하늘을 가리고
저수지 전체를 둘러싸다 보니
물 가장자리 앉아있는 풀밭 자체가
나무인지 풀인지 구별이 되지 않는다.
무슨 놈의 날씨가 그리도 변덕스러운지
하루가 멀다 찔끔거리며 내리는 비에
제 향기를 잃은 아카시아 꽃이
생기를 잃고 늘어져 초췌한 몰골로
초록빛 녹음 속에서 그나마 색체가 다른
생동감을 주더니 이제는 오직 한 가지

시원함을 느끼는 색, 초록뿐이다.

색에 대해 조금만 주위를 기울이면
우리 생활과의 밀접한 관계를 알 수 있다.
굳이 깊게 생각하지 않아도
검은색은 죽음을 상징하고
빨간색은 정열을, 푸른색은 희망을,
우리 민족의 색이라 할 수 있는 흰색은 평화를 상징한다.
컬러는 생활 속에서 많은 영향력을 발휘한다.
사람은 누구나 자유롭기를 바라고
그 자유로움은 색에서도 시작된다.
칙칙한 색깔의 옷은 사람의 기분을 우울하게 한다.
반대로 화사한 색채는 마음을 밝게 하고
그것을 바라보는 사람의 기분까지도 즐겁게 해준다.
우리 민족은 예로부터 흰색을 선호했다.
농경사회에서 흰옷을 입었다는 것이
현실적으로 아이러니 하면서도
평화를 갈망하는 국민성의 표본이라 생각된다.

남자들은 색에 관해선 보수적이다.
검정, 회색, 베이지, 남색 등은
남사의 전형적인 의상 색상으로 굳어져 있고
특히 낚시를 하러 오는 사람들은

유난히 보수적 색의 관념을 가지고 있다.
스포츠나 레저가 다양한 컬러와 디자인을 무엇보다 중요시하는데,
낚시 복장은 어둡고 칙칙한 컬러일색이다.
色(색)을 두려워하지 않는 사람은
삶도 두려워하지 않을 뿐 아니라
매사에 긍정적이며 능동적인 사고로 바뀌게 되고
진취적이고 활동력이 왕성해지며
곁에서 바라보는 제삼자에게도
즐거움과 함께 의욕을 일깨워준다.

낚시가방을 챙겨들고 현관문을 나서기 전
제일 먼저 고민하는 것은 낚시터나 조황이 아니다.
오늘은 어떤 옷을 입을까?
바지는 어떤 디자인에 어떤 색이 좋을까?
바지와 셔츠의 색의 조화가 이러니
신발은 이런 디자인에 이런 컬러가 어떨까?
상의와 하의의 컬러의 조화가 밋밋하니
모자에 강렬한 색으로 포인트를 주자.
목 없는 라운드형 티셔츠니 조금 큰 목걸이에
스모키 컬러에 테 없는 편광 선글라스로
자외선도 차단하며 눈가에 주름도 감추자.

낚시를 하면서 나에게 가장 많은 변화는 낚시의 기술도 아니요,

자연의 오묘한 섭리의 터득함도 아니고
깨달음을 얻은 것도 아니다.
누군가 예전에 만났던 사람들을 종종 만나면
이구동성으로 젊어졌다는 말을 하는데
사실 젊어졌기에 하는 말이 아님을 난 알고
그들 역시 그래서 하는 말이 아니다.
세월 앞에 젊어질 수도 없을 뿐 아니라
아무리 의학이 발달해도 불가능하고
그들의 그런 말은 나에게서 느끼는
패션의 변화와 컬러풀함을 두고 하는 말이며
낚시를 통해 가장 변화가 크게 일어난 것이기 때문이다.

예전의 낚시는 컬러는 아예 생각지도 않았고
낚시터에서 옷을 더럽히면 버려도 되는
허드레옷을 입었으니 초라함은 극에 달하고
며칠씩 밤을 새우고 꾀죄죄한 몰골로 집에 들어오면
가족들인들 옳은 눈으로 보겠는가!
어느 날 아주 우연한 기회에
여자들과 아이들에게서 지극히 평범하지만
현실적인 제안과 미래의 낚시에 대한
관심을 끌 중요한 정보를 얻었다.

낚시가 여자나 아이들에게 푸대접을 받는 건

혼자만 즐기는 나 홀로 취미생활이나
얼마나 시간이 남아돌면 물고기와 씨름을 하고 있느냐는
낚시 무용론도 한몫을 하지만
우선은 넝마를 걸친 것 같은 볼품없는 거지같은 입성과
제멋대로 자란 수염에 가뜩이나 햇볕에 그을려
입을 봉하고 있으면 고향이 동남아 어디이겠지
궁금해 하지도 않을 정도인데
누런 이빨에 개기름이 자르르 흐르는
낚시인들의 추한 모습이 가장 크게 홀대 받는 이유였다.

물론 처음부터 변화를 주기가 쉽지는 않았다.
낚시 쪽에서 전문적으로 활동하는 컬러와 패션이 어울리는
젊은 낚시인들을 찾기도 쉽지 않았고
설령 있다 해도 만만치 않은 지출이 현실적으로 어려웠다.
앞장서 보자고 시도를 하려니 주저함이 다리를 잡는다.
주책이지 않을까, 나이 먹어서 창피하지 않을까,
뒤에서 보면 빅뱅이요!
앞에서 보니 최불암이라는 놀림도 받았고
그렇게 패션에 지출할 돈 있으면
낚시 한 번 더 가겠다는 노골적인 비아냥거림도 많이 들었다.
하지만 결과로 본다면 그러길 잘했다.
이제는 옷이며, 신발, 모자, 액세서리도 당당히 협찬을 받고
낚시에도 협찬의 필요성을 일반 기업이나 의류 브랜드에도

알리게 되었으니 이 또한 덤으로 얻어진 소득이다.
그런 변화에 앞장선 내 자신이
즐거움과 행복감을 느끼니 말이다.

울창한 숲이 아니라도 오종종한 나무들이나
들판에 철따라 피어나는 이름 모를 잡초,
드리운 낚싯대 옆 부들이나 갈대가 색을 바꿔가며
그리도 많은 날들을 낚시인들에 암시를 줬건만
바늘에 달려 나오는 붕어가 황금색이라고
흥분하며 감탄사를 연발하면서도,
낚시터 주위에 흐드러지게 피어나는
들꽃의 아름다움과 향기에 취해 콧노래를 부르면서도,
정작 낚시인 당신들은 변화를 외면하고
컬러를 바꾸면 상승되는 낚시의 위상이나
낚시인의 존재감이 레벨 업 되는 것을
먼 산 보듯이 바라만 보고 있고 무심히 지나치며,
칠백만 명에 근접한 낚시 인구가 있고
세월이 흘러 모든 것이 변하니 낚시의 위치도 변하겠고
누군가가 하겠지 무관심으로 일관한다.

저변의 확대는 그 분야의 발전에 결정적인 영향이 있다.
셔츠 색깔만 바꿔도 하루가 달라진다.
화려한 무늬에 자신이 없고 용기가 안 난다면

은근한 파스텔 옷부터 시작해 보라.
다양한 컬러의 신발을 신어도 좋고
늘 써야 하는 모자라도 화려한 색으로 바꿔 보라.
개성을 중요시하는 젊은이들이
다양한 패션과 감각적인 컬러가 어우러진
낚시 패션을 그냥 지나칠 리 없고
언저리에서 기웃대던 여자들이
기꺼이 낚시를 따라나서는 것은 물론
낚시가방 챙기고 앞장서는 때가 올 것이라 확신한다.

컬러풀하고 패셔너블한 낚시 복장이
낚시의 인식을 바꾸고 문화를 바꾼다.

에필로그

밤새 뒤척이다 퀭한 눈으로 뿌연 창밖의 여명을 본다.
채워지지 않는 갈증을 그림으로 표현하면
바로 이런 우중충한 회색빛 하늘이 아닐까?
빛은 더하면 더할수록 밝아지고 찬란한데
물감은 혼합할수록 탁해지는 것처럼
낚시의 관심이나 열정에 반비례하는 현실이 잠을 설치게 만든다.
갈수록 더하고 어깨를 짓누르는 중압감과
가슴을 옥죄는 불안감은 과연 무엇인가!
낚시인들에게 성지처럼 상징되는 그런 곳들이 사라지고 있다.
충주호와 소양호가 수많은 이야기와 역사를 남기며
추억 속으로 사라지고 붕어낚시의 신병 훈련소인 예당저수지가 초라한 몰골에 반라의 모습으로 봉수산 자락 밑에 누워있다.
위기의식을 느낀 건 낚시인들만이 아니다.
늦은 감이 있지만 금강 백제보의 물을 끌어오는 도수로를 건설하고
자원 조성에도 심혈을 기울인다니 그나마 다행이다.
나에게 가장 많은 추억을 갖게 해 준 곳,
예당지에서 원고를 마무리하는 감회는 유난히 남다르다.

글을 쓴다는 것!
그것은 엄청난 용기를 필요로 하고
대중 앞에 발가벗고 서 있는 수치심을 느끼게 한다.
내 자신의 의식세계를 남에게 내보이기 때문인가 보다.
때론 분노하고 좌절하기도 하고
극복할 수 없는 현실의 벽 앞에서 포기할까도 했지만
물가에서 함께한 수많은 낚시 친구들이 있고
그들과의 끊을 수 없는 인연이 날 부축이며 전면으로 이끌어 준다.
때론 속 시원하게 육두문자를 내뱉고 싶고
높은 산에 올라 허공을 향해 고래고래 소리치고 싶을 때마다
노트북에 일기인 양 독백처럼 두서없이 써 놓은 글들이
낚시친구로 동행해 낚시터에서 한 밤을 꼬박 새운 작가 유시민 님의
'소리 내어 줄줄이 쉽게 읽을 수 있고 진술하면 된다'는
애정 어린 충고와 조언으로 세상 밖으로 나오게 된 것이다.

주저주저 망설임 끝에 탄생한 졸작이지만

내 자식이 좀 모자라더라도
세상에 그 무엇과도 바꿀 수 없는 소중한 보물인 것처럼
한 글자, 한 문장 그 모든 것이 나에겐 더없이 사랑스럽고
진정 고맙다는 말을 하고 싶다.
주체하지 못하는 열정을 마음껏 한바탕 춤사위로 풀어내라
멍석을 깔아 준 FTV 낚시방송 대표님을 비롯해 방송 관계자들과
무엇보다도 치기에 가까운 어설픔에도 격려와 사랑을 준 낚시인들과
사랑스런 가족의 눈물겨운 이해와 응원이 고맙고
일생일대의 결단을 준 유시민 작가님에게 감사를 드린다.
감사하고 싶고 사랑하고 싶다.
낚시를 사랑하고 나를 아는 모두를….

안개 낀 예당지를 품에 안은 예당정원에서

溪流 이갑철

마이웨이

초판 1쇄 찍은날 2017년 5월 15일
초판 1쇄 펴낸날 2017년 5월 22일

글 | 이갑철
펴낸이 | 박성신
펴낸곳 | 도서출판 쉼
등록번호 | 제406-2015-000091호
주소 | 경기도 파주시 문발로 115, 세종벤처타운 304호
전화 | 031-955-8201 팩스 | 031-955-8203
전자우편 | 8200rd@shim1101.com
홈페이지 | http://www.shim1101.com

ISBN 979-11-87580-13-3 (03810)